中學生作文集

少年十五二十時

楊秀嬌
編著

【推薦序】

多元探索　青春圓夢

傅瑜雯（桃園市立會稽國中校長）

自從國中教育會考加考作文並採計分數後，「作文」彷彿又在國中校園復活了，學生變得比較重視作文，是個好現象（雖然動機是為了分數）。我們都知道，寫作是一項重要的基礎能力，但對大多數學生而言，要完成一篇作文並不是一件容易的事，腸思枯竭、腦中一片空白、唉聲歎氣，是作文課常見的景象；而國文老師則常在改作文時，擲筆望天，努力探究學生所言之意，而整篇作文批改後，學生的作文早已「面目全非」……

因此，對國文老師而言，提升學生寫作的能力實為關鍵之要，畢竟學生有較好的寫作能力，除了提升其表達能力外，老師改作文時，也可以少幾根白髮。過去我擔任國文老師時，便時常和其他同仁討論引導學生寫作的方法，後來我在草漯國中擔任校長一職，也兼任國文國教輔導團的副召集人，為的就是能和優秀的國文老師共同研發，能被廣為運用的作文教學方法，為作文教學持續盡一份心力。

楊秀嬌老師是我在草漯國中服務時的同事，她人如其名，個子嬌小，卻有飽滿的教學熱忱，她也擁有國文老師的特質，文學底子深厚，旁徵博引，教學內容豐富，深受學生喜愛。近年來，秀嬌老師更致力於作文教學，對於學生寫作的佈局結構、用字遣詞、內容題材等，著力甚深，並具有成效。之前她將學生的作品集結成冊，出版《那一年，我們十三歲》作品集，獲得極大的迴響，成為作文教學必備的參考。現在欣聞秀嬌老師即將再出版第二本學生作品集——《少年十五二十時》，是她平時作文教學的成效展現，也是對網路世代學生寫作引導的成果集結，內容精采多元，備受期待。

閱讀，可以豐富我們的生命；寫作，則可以讓我們體會人生。夏丏尊在「觸發」一文裡提及：「讀書貴有新得，作文貴有新味」，秀嬌老師的此本作品集，即是有新味的作文成果。

【推薦序】

用心寫就對了！

林寬慧（內壢國中國文老師）

從孩子們這兩年的作品中，抽出幾篇來回應楊老師的邀稿，翻著稿件，內心不禁漾起批改文章時五味雜陳的感受：對照一開始看學生作文時，讀個三、四遍，還是「不知所云」的折磨，之後逐漸看到孩子們「詞能達意」的進步，以及如今篇章「通順流暢」的成長，內心的喜悅自是不言可喻。雖然，孩子們的文章尚難登大雅，但畢竟都是他們花費心思，絞盡腦汁完成的作品，是該對孩子們投以讚美的掌聲，予以肯定的。

從孩子們的作品中，看到他們成長的痕跡，是身為師長極大的歡喜。教學過程中，我習慣鼓勵孩子閱讀，隨機指導學生寫作技巧，就是希望他們一有機會，就能累積點點滴滴的作文能力，適時表現在字裡行間。另外，還希望能提高孩子們寫作的意願，幫助學生屏除過往排斥寫作、畏懼寫作的心理，轉變成敢寫、願意寫、喜歡寫的態度。同時，也期許他們能用文字記錄生命中精彩的體驗，寫出充滿色彩的回憶，留下許許多多難忘的片段，來豐富自己的人生。

在此，我想藉機對學生們說：孩子們！別怕自己作文寫不好，用心寫就對了！寫著寫著，自然能寫出自己的心思、自己的感情、自己的看法。老師希望你們能利用寫作表達自己，讓別人理解自己，甚至學會利用文字，抒解自我，撫慰他人，與人互動，為自己和身邊的人營造幸福美好。

末了，還有幾句話一定要提：為了幫孩子們留下年少的足跡，楊老師無私且辛勤地開闢出這一塊任由孩子揮灑青春的創作園地，真的真的謝謝您了！

【家長序】

青春的寶藏

邱淑媛

乘著文字的翅膀飛翔，孩子遇見夢想的藍天，縱情感官的異想，傾訴深層的渴望，文字可以美妙的呈現生命的悸動，在青春期找尋心靈的桃花源。

誠摯的感謝楊老師這位指揮家，讓每一個獨立的黑白鍵在這本《少年十五二十時》合奏出優美的旋律，也讓我遇見年輕的心都是蓄滿能量愛上寫作，為成長也為青春留下永不磨滅的印記。

回顧孩子的寫作歷程，自己不是那麼積極，也無意焦慮在寫作班的接送往返，幸運遇見楊老師的鼓勵，推動孩子勇於投稿，於是寫作這件事由被動化為主動。自從初試啼聲被《國語日報》錄用、自從《那一年，我們十三歲》集結成冊，似乎就開啟孩子喜歡隨想隨筆，也從此在文字的舞台吟唱屬於他的記憶。偶然間，孩子會遞給我夜讀之餘寫的新詩，或者一疊不是作業的小品文，我感動孩子有情的眼光，浪漫的與大自然邂逅，聊慰他躍動的心；我感動孩子善用文字和自己對話，渡過青春期的苦澀；我感動孩子筆下的心靈意象，寫作絕非為了追求6級分的量化，而純粹只是找尋心情的避難所。

愛因斯坦說：「在混亂之中，發掘單純。」或許拋開會考作文功利的枷鎖，單純而快樂的寫作才是孩子最大的收穫，真誠感謝楊老師開啟一扇寫作的窗，用心澆灌寫作的種子，編輯這樣一本屬於青春的寶藏。有一天，孩子可以為寫作的年少舉杯，翻閱一頁又一頁屬於永恆的記憶。

【主編序】

人因實現夢想而偉大

楊秀嬌

二〇一二年，第一次有將學生平時作文輯結成書的發想，經過一年多的醞釀終於在二〇一三年出版了《那一年，我們十三歲》，獲得了不少好評，讓我興起了再為學生出版第二本作文集的念頭。

在搜集作文的同時，看到孩子們的雀躍興奮，欣喜於自己的作品能夠輯結成書，更加肯定這項舉動的價值。雖然過程中會遇到一些阻礙，但想到又可以為另一批學生留下難忘的紀錄，再多的辛苦也就值得了。

今年，再次將學生作文輯結成《少年十五二十時》一書，書中收錄的學生作品其年齡層不再限於十三歲，有小學五、六年級，也有高中階段，不過最多的還是國中孩子的作品。

台灣當代重要的文學家黃春明先生，小時候是個叛逆少年，求學過程中屢遭退學。在其自述文章中提到：成長的過程因為閱讀，豐富了內在世界，最重要的是遇到了幾位貴人，一位是小學的蔣錦江老師，另一位是初二的國文老師王賢春老師。蔣老師喜歡說故事，故事內容深深吸引學生，所以黃春明先生因此喜歡聽人家講故事，進而找原著來看，慢慢走進文字的領域，培養出閱讀的興趣。而王老師則是帶領黃春明先生走上文學工作的啟蒙者，王老師曾經讚美並肯定了他的作文，還送了兩本小說集鼓勵他，可見老師在他的人生道路上的影響多麼的巨大！

最近，周杰倫在三十六歲生日時完成了終身大事，媒體爭相報導這位天王級流行歌手的發跡與竄紅過程，看了之後真是發人深省！在周董還是青澀少年時，他絕對沒有想到自己有一天可以成為如此受歡迎的國際巨星。然而，是什麼原因讓他成為眾所注目的焦點？非常關鍵的一點是：他除了自己的努力之外，最重要的是遇到了生命中的貴人——吳宗憲與方文山。

演藝界需要有貴人相助，其他各行各業也是如此。當然，我沒有資格和國際巨星的貴人相提並論，但我相信現在給學生一個表現的舞台是很棒的一件事，他們會因此而更加有自信，將來他們並不一定各個都成為大作家，但這是一個契機、一個播下理想的機會。

「人因實現夢想而偉大」，黃春明、周杰倫等人都是已經實現夢想的大人物了，在他們人生的青春年少時光，都得到過貴人的提攜或指點。他們成功了，也都不忘回過頭去檢視自己的生命過程，似乎有一些相同之處，那就是「自助、人助、天助」。自我勤奮的苦練永遠是最重要的，而一個認真進取的人自然容易得到別人的幫助，最後加上適當的機會，成功在望！

《少年十五二十時》一書的完成，不是我一個編輯老師的功勞。首先，最要感謝的是在教育工作崗位上不遺餘力，並且在國語文教育貢獻良多，一直讓我非常敬佩的會稽國中傅瑜雯校長，在我們有同事情誼的邀請下，不吝為本書撰寫序文。其次，也要感謝我在內壢國中的同事們：寬慧、淑媛、怡卿、桂芳、家蓉、淑美、柏盛、玉薇、嘉慧、湘寧、明慧、清祥、淑楨，還有好同學瓊良、佩芬，對於出版學生作文集的鼎力相助。最後，要感謝書中四十幾位作者平日用心寫作，並且願意提供文章作為更多莘莘學子學習的典範，你們才是本書的最大功臣。

希望這本《少年十五二十時》可以繼《那一年，我們十三歲》之後，成為許多仍為寫作而苦惱的學生，開闢一條指引的路來。

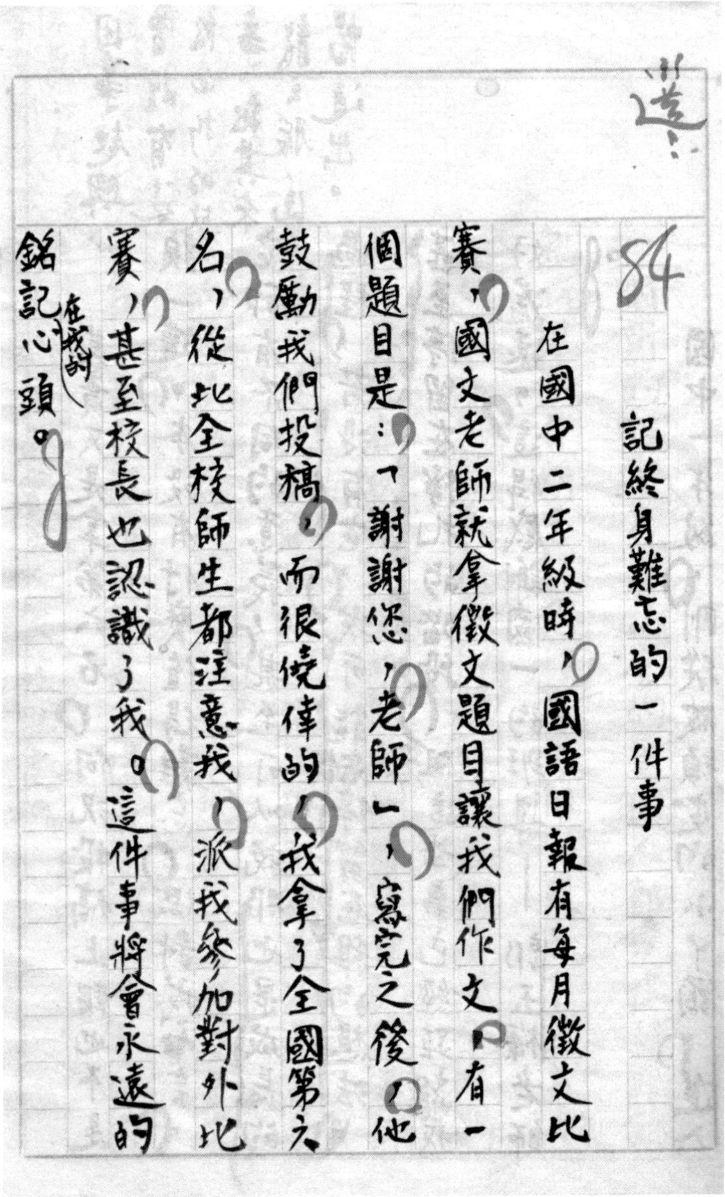
選

84

記終身難忘的一件事

在國中二年級時，國語日報有每月徵文比賽，國文老師就拿徵文題目讓我們作文，有一個題目是：「謝謝您，老師」，寫完之後，他鼓勵我們投稿，而很僥倖的，我拿了全國第六名，從此全校師生都注意我，派我參加對外比賽，甚至校長也認識了我。這件事將會永遠的銘記在我的心頭。

楊秀嬌老師高中時期作文——記終生難忘的一件事

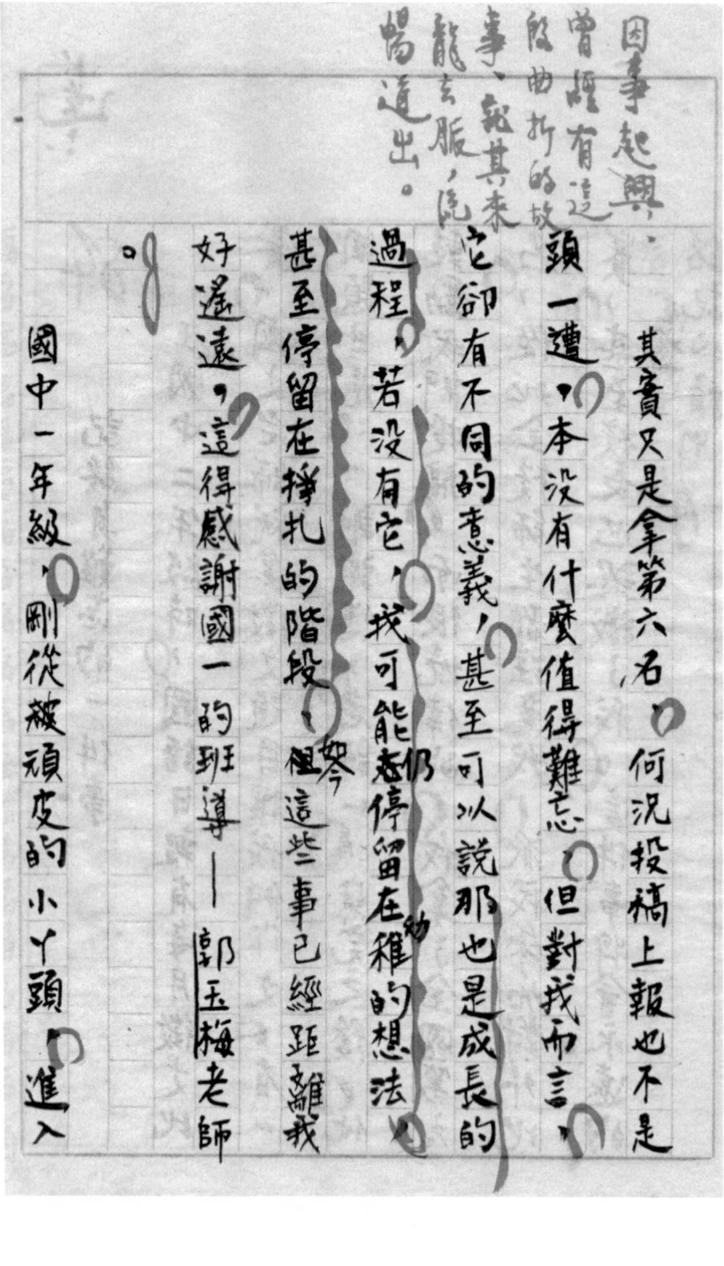

因事起興，曾經有這段曲折的故事，能將其來龍去脈，流暢道出。

其實又是拿第六名，何況投稿上報也不是頭一遭，本沒有什麼值得難忘，但對我而言，它卻有不同的意義，甚至可以說那也是成長的過程，若沒有它，我可能仍停留在幼稚的想法，甚至停留在掙扎的階段，如今這些事已經距離我好遙遠，這得感謝國一的班導——郭玉梅老師。

國中一年級，剛從頑皮的小丫頭，進入

一個新的階段，不知怎麼的整個人都變得疑神疑鬼，經常會胡思亂想，真可用「天下本無事，庸人自擾之」來形容，以致於不能全心全力的把心思放在功課上，那時我們藉爲日記與老師溝通，我總是滿滿的一張，裡面總免不了是奇怪的想法，怨天尤人，也抱怨自己怎麼沒拿第一名，甚至懷疑自己是否得癌症。如今看以前的日記真是會令人笑破肚皮。

青少年自是一段徬徨期，也幸好你能盡興傾訴於日記上，否則隱藏心裡，一定會有問題發生的。

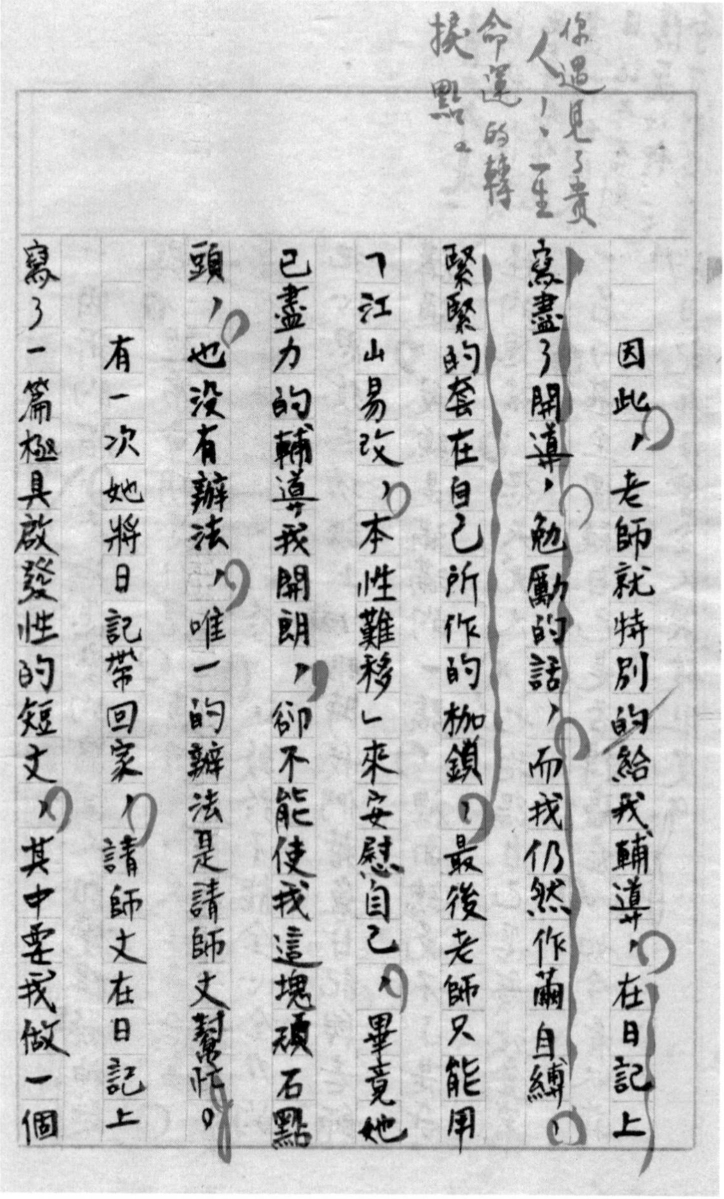

你遇見了貴人！、至命運的轉捩點。

因此，老師就特別的給我輔導，在日記上寫盡了開導，勉勵的話，而我仍然作繭自縛，緊緊的套在自己所作的枷鎖，最後老師只能用「江山易改，本性難移」來安慰自己，畢竟她已盡力的輔導我開朗，卻不能使我這塊頑石點頭，也沒有辦法，唯一的辦法是請師丈幫忙。

有一次她將日記帶回家，請師丈在日記上寫了一篇極具啟發性的短文，其中要我做一個選擇。那篇文字的大意是：假如有一天橫在你面前的是一片汪洋大海，你必須渡過，別無他路可走，既不能逃避也不能畏縮，此時該如何？一、泅泳而過，二、造一隻竹筏，三、造一艘船，四、坐以待斃。而我所選擇的是「泅泳而過」，然而師丈卻認為：何不找幾位志同道合的朋友，造一隻竹筏或一艘船，固然可以憑著自己的力量、精湛的泳技，游過大海，畢竟危險太大

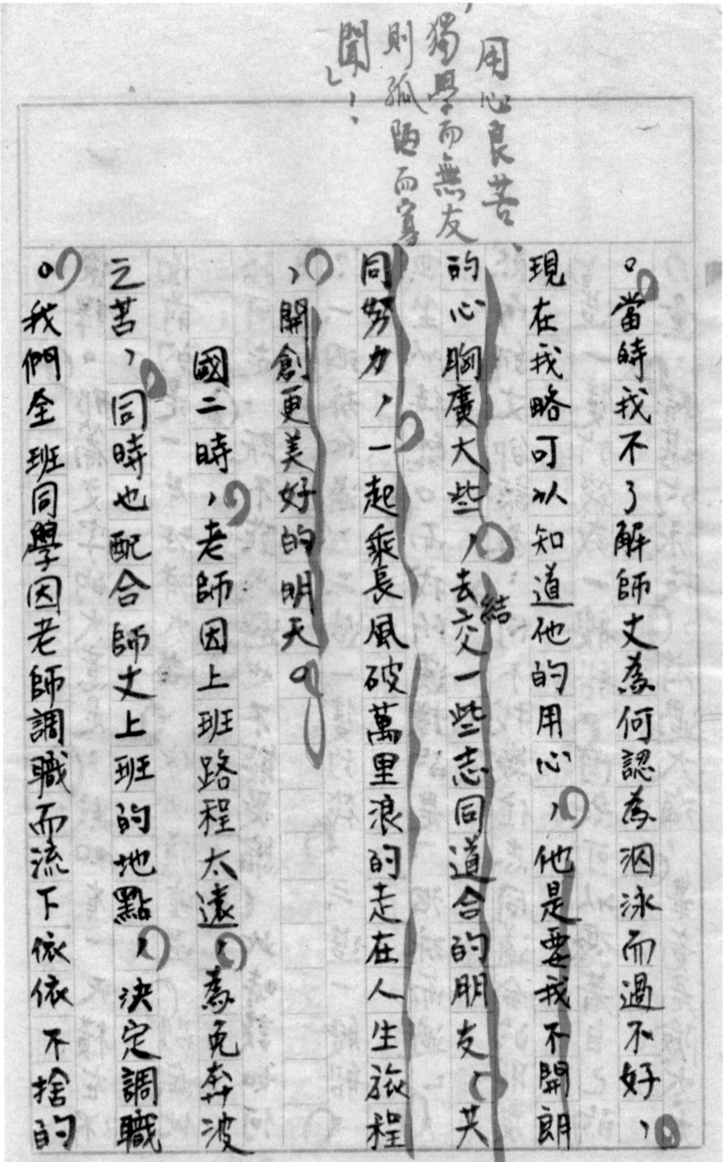

用心良苦、獨學而無友，則孤陋而寡聞！

。當時我不了解師丈為何認為泅泳而過不好，現在我略可以知道他的用心，他是要我不開朗的心胸廣大些，去交一些志同道合的朋友，共同努力，一起乘長風破萬里浪的走在人生旅程，開創更美好的明天。

國二時，老師因上班路程太遠，為免奔波之苦，同時也配合師丈上班的地點，決定調職。我們全班同學因老師調職而流下依依不捨的體悟匪淺。為你高興，能遇見這樣一位良師，改變了你一生的命運。

淚，而我更像是失掉了心愛的事物一樣難過，久久不能平息。

那年暑假正好徵文題目是「謝謝您，老師」，而我所感謝的自然是鄭老師，因為她是影響我最深遠的人，使我能夠了解人生活在世界上的目的，是樂觀、進取、開朗，拋開無謂的煩惱，做個身心健康的人。而更重要的是她那份愛心與耐心，她從不因我的胡思亂想，而覺

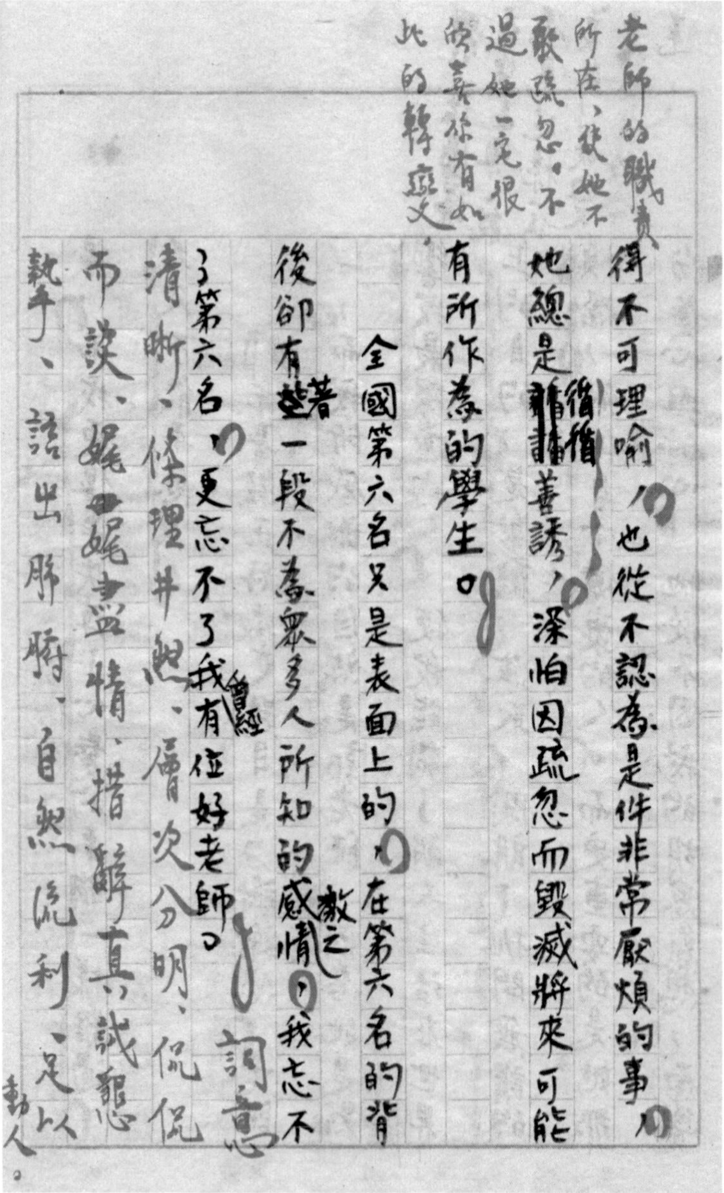

老師的職責所在，從她不敢疏忽，不過她一定很欣喜你有如此的轉變

得不可理喻，也從不認為是件非常厭煩的事，
她總是循循善誘，深怕因疏忽而毀滅將來可能
有所作為的學生。

全國第六名只是表面上的，在第六名的背
後卻有著一段不為眾多人所知的感激之情，我忘不
了第六名，更忘不了我曾經有位好老師。
詞意
清晰、條理井然、層次分明、侃侃
而談、娓娓盡情、措辭真、誠懇
執手、語出勝騎、自然流利、足以動人。

目次

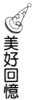

生活點滴

探索自我

心情抒發

美好回憶

一件小小的成就

黃鈺晴

俗話說：「讀萬卷書，不如行萬里路。」就是因為這句話，老爸才會興高采烈的準備環島計畫，也開啟了我的大冒險。

二〇一四年七月四日凌晨，夜深人靜時，我帶著興奮和緊張的心情告別家園，踏上我的奇幻冒險。由於先前的準備，所以一路上都很輕鬆，但是先甘後苦，我馬上就遇到了瓶頸，那就是沒有盡頭的瘋狂大下坡！騎到快成仙，終於達成不可能的任務，一路下坡溜到逢甲逛爽爽，隔天繼續努力打拼。

一路上有很多人的幫忙，我印象最深刻的是住在屏東潮州的叔公。哇！他真夠熱情的，不但請我們吃當地知名的紅豆餅、冷熱冰，還邀請我們住他家，搞到我凌晨才睡。

隔日，我早早醒來，因為這一天要坐火車到太麻里，一路上有熱情的太陽、美麗的風景相伴，讓前幾日的疲倦一掃而空，當我真正踏上東海岸的地盤時，才赫然發現這片土地真的超美的！蔚藍的海岸，蜿蜒的公路，新鮮的空氣都在我眼前勾勒出美麗的畫面，讓我瞬間充滿幹勁，一舉衝上鹿野高台看熱氣球，那一刻的感動讓我覺得一切都很值得。

之後，欣賞了很多壯觀的美景，體會了親切的人情，吃了很多美食，帶著幸福的回憶滿載而歸。這趟旅程，讓我見識到很不一樣的台灣人情，還有美麗的風景，也挑戰了我的體力，每件事情都是讓我感動並且回味無窮的。

一張老相片

林苡晴

那是一個厚重的相框，靜靜地矗立在母親的書桌一隅。裡頭的照片像是塵封許久，早已被灰塵占據了整個畫面。輕輕地，我拭去了表面上的塵埃，映入眼簾的相片使我震懾——那是年輕的母親，懷中摟著剛出生的我，臉上盡是初為人母的喜悅。十幾年竟這麼悄然流逝，相片中那個被呵護著的小嬰兒，如今已成了亭亭玉立的少女；而那個青春飛揚的母親，如今已漸漸步入中年。這張相片背後的歲月，是由多少回憶拼湊而成，一切喜、怒、哀、樂，有如一部精彩絕倫的電影，在我腦海中一幕一幕地播映……

媽媽總是喜歡和我分享我小時候的故事，從嬰兒時期到幼稚園畢業，每一件曾經發生過的趣事，都能讓我捧腹大笑。小時候的我對親情有著很深的依附，還在襁褓中的我就懂得占領最佳位置，一定要躺在爸爸那渾圓的肚子上才肯安心睡去。而上了幼稚園後，對於必須離開父母更是無法接受，每到上學時刻總是哭哭啼啼，賴在校門口抵死不從。而聰明的爸媽想到了一個辦法，特地將他們的照片製成一張小卡，緊緊地放入我的掌心，才讓我漸漸釋懷。喜歡撒嬌的我，為了達成目的總是以燦爛的笑容和甜言蜜語討好父母，使他們哭笑不得。這樣的天真，是那麼純粹而美好，那麼令人懷念。

隨著年齡漸漸增長，這樣的互動已慢慢絕跡。自從上了國中，我把朋友看得比天高，把友誼看得比地厚，任何事都以朋友為出發點，心裡最在意的永遠是他人的眼光。媽媽為我做飯、替我打掃，我視為理所當然；爸爸為我工作、載我上學，我也不以為意。每每父母對我的行為不滿意，期盼我能夠改進時，我總是感到十分不以為然，甚至以不好的口氣回應他們。看見媽媽受傷的眼神，我的心刺痛著，像是被狠狠地劃了一刀，淌滿了血，卻馬上試著說服自己，以勝利的姿態回應。這樣的我，令我好厭惡，卻總是在那念頭盤旋於腦海時放棄改變。這時，小時候的種種回憶在腦中一閃而過，那種單純而容易滿足的感覺、簡單而樸實的快樂，怎麼好久無法擁有……

這一刻，我明白了！原來這世界上會為你無私奉獻，絲毫不求回報的人，只有深深愛著你，卻時常被你忽略的父母。現在的母親和相片中的比較起來，不知歷經了多少滄桑，受盡多少歲月的摧殘，有些斑白的頭髮是為我操煩的痕跡。淚水潸潸流下，這張相片讓我懂了幸福的真諦，讓我知道如何擁抱身邊最親愛的家人。輕輕地，我將相片放回桌上，它承載著過去十幾年的回憶，我想這樣珍貴的親情會一直延續下去，有如山勢一般綿延不絕……

一張照片

蔡佩芬

去年夏天，我們興高采烈的準備拍畢業照，希望能留下最美好的回憶，但也代表我們即將分離，走入人生另一個求學過程，內心是喜悅的，卻也充滿依依不捨的心情。在未來，我們曾一起相處的美好回憶，卻只剩幾張照片可以回憶。幾張照片雖然不足以證明我們深厚的感情，但已經足夠我們回憶那些難忘的日子。

從小我就不太喜歡拍照，但很矛盾，我又希望別人可以牢牢地記住我的模樣，因此我的照片雖然不多，但全部都是我最珍貴的回憶，每張照片背後都隱藏著一段刻骨銘心的回憶。當我在翻閱這些照片時，過去的一切彷彿是昨天才發生，但一切已經遙不可及。過去再深的友誼都因為時間的增長消失殆盡，即使這張照片隱含著過去很多美好回憶，卻再也無法回到那段無憂無慮、天真活潑且時常笑著面對一切的日子，我才發現隨著年齡的增長，臉上的笑容越來越少。照片終究只是一段回憶，但如果沒有照片，回憶一定會漸漸被遺忘，那張照片雖然不起眼，卻是我不可或缺的東西。

拍照時，每個人都緊張的整理起服裝和頭髮，擺出最喜歡的姿勢，我們很明白，相處的日子所剩無幾，所以我們努力在畢業前留下最難忘的回憶，珍惜這份得來不易的友誼，為我們精采的中學生活畫下最美的句點。過去的點點滴滴還歷歷在目，縱使再也回不去那些快樂的日子，但那段友情已經長存於我們心中。

再次看見那張照片時，內心百感交集，美好的回憶在腦海中一一浮現，就算只剩一張照片，也已經足夠我再回憶起那段最開心的日子。我想，一張照片對我的意義不僅僅是回憶，更是讓我前進的動力，就算遇到挫折還是能勇往直前。

一場美好的相遇

黃兆辰

一場相遇，能夠讓人永生難忘；一場相遇，足夠讓人改變價值觀。我在暑假的尾聲時，遇見了讓我無法忘懷的一次夕陽的盛筵。

那天，我突然心血來潮的想去海邊，踩踩水、玩玩沙。於是，在我苦苦哀求下，媽媽終於同意帶我前往海邊，想在暑假的尾聲抓住最後的輕鬆自在。

到了我期待已久的海邊——永安漁港，我嚷嚷著去玩水，但卻被媽媽無情的駁回了。「先吃完午飯再去！」她這麼說著，我也只好百般不願地嘛著嘴，前去不遠處人聲鼎沸的市集。

在吃飽喝足後，終於可以和許久不見的沙和水親密接觸。我什麼都沒有多想，就奮不顧身地跳下水，將未寫完的暑假作業都拋到九霄雲外，身心獲得了莫大的解放。

而就在媽媽看似我玩夠了之後，她便起身拍拍腳上的沙子說道：「差不多可以回家了吧！」但我貪玩的心並不妥協，「不行！再多留一下子！」只見她聳了聳肩，便繼續我的快樂時光。但當我猛然一抬頭時，只見一顆如蛋黃般的火球高高掛在天際，天空都被染成了美麗的橘紅色，這樣的晚霞，真是美不勝收！我讚嘆著偌大的夕陽，心中無限感慨：原來人類是如此的渺小。直到太陽消失在海平面，我的視線都不曾離開那顆令人神往的大火球。

相遇，使人有機會去體悟更多的感受；相遇，使人有更多人生啟發。而這場美好的相遇，讓我知道了人類有多麼渺小，而大自然是多麼壯麗而偉大。心中感嘆，一切盡在不言中。

第一次坐飛機到巴黎

鄭沛淇

生命中總是充滿了許多第一次的驚喜，第一次下廚煎蛋，第一次看到小寶寶出生的模樣，第一次上學去……。令我最興奮的第一次經驗，莫過於第一次坐飛機到巴黎遊賞。

第一次坐飛機去巴黎，心裡充滿了期待與興奮。早在幾天前，就準備好行囊，每天總是「試背」好幾次。反覆瀏覽著巴黎地圖，做著行前功課。望著臺灣的電塔，想著不久之後就可以在法國看到比它更大、更壯觀的艾菲爾鐵塔，心情便雀躍不已，恨不得身上長出一對翅膀，立即就能出發。終於——盼到坐飛機到巴黎的那一天。

走過長長的空橋，進入了機艙，親切的空服員為我們引導座位。透過小小的窗戶，望向窗外，心裡想著：真是奇妙啊！這麼龐大的飛機竟然可以像鳥兒翱翔在天際。不久機上傳來廣播，我們繫好安全帶，身體微微傾斜，耳朵「嗶剝」的調整壓力。俯看著房子，都變得像棋盤上的棋子。一片蔚藍的大海讓我不禁聯想到大澡缸裡泡澡，真是悠閒自在。而窗外朵朵白雲，好像棉花糖一般，好想伸手摘一朵帶回家，嚐一口甜滋滋的感覺。

終於到了巴黎，讓我多了好多「第一次」的體驗。例如：第一次和雄偉的艾菲爾鐵塔拍照，第一次遊賽納河，第一次在「麥當勞」買到那麼貴的套餐，心都在「淌血」，第一次走過巍峨的凱旋門，第一次遊覽金碧輝黃的凡爾賽宮，第一次那麼近欣賞蒙那麗莎的微笑……好多的第一次，裝滿了我在巴黎的回憶。

回程已是夜晚，窗外的景色令人嘆為觀止。夜幕低垂，輕輕籠罩大地，華燈為她鑲上美麗的裙襬，閃亮亮的。踏出機門，我依依不捨，就讓我用美好的回憶為這次坐飛機到巴黎的經驗畫下美麗的句點吧！

可貴的合作經驗

林苡晴

俗話說：「團結力量大」，只要大家能夠齊心協力，三個臭皮匠也能勝過一個諸葛亮。合作，是在你我的生活中不可或缺，懂得和別人一起合作、一起為團隊付出的人，才能真正得到成功。講到合作，我的思緒不禁慢慢地飄向一年前的運動會……。

那時，我還是個天真、懵懂的小學生，為了運動會上的大隊接力比賽，正緊鑼密鼓地練習著。我們每天在如火球般熊熊燃燒的太陽下，汗水淋漓的每天一遍又一遍的反覆練習，即使身體灼熱、雙腳疼痛，我們依然不放棄，因為我們的目標只有一個——得到人人羨慕的冠軍！然而，我在練習的過程中卻碰到了許多挫折。起初，我總是以自我為中心，無論教練如何教導，總是認為自己是最正確的。然而我發現結果並不如自己所預期，一次又一次的掉棒、跌倒，讓教練氣得破口大罵，也讓我嘗到了失敗的滋味。回家後，我常常暗自飲泣，不懂自己究竟做錯了什麼？

直到有一天，一位和我比較要好的同學對我說了一段話：「大隊接力，注重的是團隊合作。如果你總是不顧他人，只為了自己好，怎麼可能會成功呢？」這句話有如當頭棒喝，一語驚醒了夢中人。我頓時領悟到合作的重要。從那天起，我不再自視甚高、我行我素，反而願意和別人齊心協力的為這場比賽努力。因為我們的團隊默契良好，也一舉摘下了金牌，在我的國小生涯中留下了最繽紛、美麗的回憶。我的思緒又被拉回了現實。從那次可貴的合作經驗中，我成長了不少。現在的我，不再那般懵懂無知，我已經是懂得敞開心胸，願意和他人合作的女孩！

英語村遊學記

張芸倢

一早，五年級的三個班到了桃園縣的國際英語村——中壢村。一走進歷史悠久的中壢國小，只見一群小朋友玩得不亦樂乎的畫面。走進英語村，看見了齊整美觀的教室。之後，我們分別參觀了自然教室、保健室、超級市場和主播室，體驗說英語的樂趣。

「噹！噹！噹！」第一堂課的鐘聲響了，代表我要從英語村的起點邁出第一步。在自然教室裡我們穿上帥氣的實驗袍，化身為科學實驗家，做了有趣的「浮與沉」實驗，看看哪種物品能浮在水面上，哪些物品會沉到水裡。

緊接著，第二關的挑戰來了——我們要到保健室去當個拯救、醫治病人的醫生以及熱心助人、心地善良的護士。保健室裡面，各式各樣、五花八門的儀器，看得我眼花撩亂。

只要一說到：「家裡沒醬油了！沒有菜可以吃了！」大家第一個會想到的地方，肯定是「超級市場」吧！雖然指導我們的老師很嚴肅，面無表情，不像其他的老師面帶微笑，但他指導我們在美式超級市場裡購物的情形，也別有一番風味呢！

另外，在英語村裡，令我印象最深刻的，非主播室莫屬了！我擔任的角色是主播，負責介紹新聞標題、新聞內容。這一個難得的經驗，讓我了解國外播報新聞的方式，收穫匪淺。

這趟英語村遊學的經驗，讓我對國外的風俗民情有了了解；也體驗了科學家的偉大之處；更認識了醫生、護士喜愛助人的原因；還知道了主播與記者幕後辛苦的地方。來了英語村一趟，留下了美好的回憶，增加了豐富的知識，令人流連忘返，這趟旅程真是豐富之旅！

校園樹

謝昕紓

第一次進入國中校園，悠閒的漫步在這廣大的校舍間，一幅美麗的景象，不經意的映入眼簾，這景象足以令人好好沉澱心情，忘卻煩惱，它就是——木棧道。

一排老榕樹直挺挺的佇立一旁，宛若一列訓練有素的衛兵，站在一邊向巡視的長官致敬，總保持著神采奕奕的樣子，偶爾也隨風搖曳，動作一致，毫不拖泥帶水。各種鳥兒最喜歡在它們身邊玩捉迷藏，它們茂密的葉與縱橫交錯的樹枝，是鳥兒最愛的藏身之處。看著鳥兒的嬉戲，老樹也常被逗得左搖右擺，彷彿融入了遊戲之中。學生、老師們也喜歡抱著書本，趁著休息時間來到樹下和樹聊聊天，小憩一番，一副和樂融融的樣子。

但是，就在去年的夏秋之際，一位不速之客的來臨，讓這排老榕樹失去了其中一位夥伴。那是個風雨交加的早晨，突如其來的狂風暴雨，侵襲得我們措手不及，為此學校停課一天。隔天到了學校，看到的是一片狼藉，學校淹水。那排如衛兵般站得筆直的老榕樹，被吹得東倒西歪、慘不忍睹，還有一棵因禁不起狂風暴雨的摧殘而連根拔起，看了真令人不忍！

老樹毫無生氣的倒在那兒，只能任人宰割的模樣，讓人無比痛心。一個星期後，工人提著各種工具，來到它的身邊，肢解並將它運走。這排衛兵們就因這麼一場災難失去了這麼一個弟兄，那空下的位置，似乎在悼念著它，告訴後人曾有那麼一棵老樹佇立在那，曾與這校園快樂的存在過。

畢業旅行

葉晨

十一月十七日，即使是晦暗的天空伴隨著濛濛細雨，仍然沒有辦法澆熄每位同學心中的興奮。早上七點整，每支隊伍跟隨著一位領隊大哥，浩浩蕩蕩地走出校門，開始了大家期盼已久的夢幻行程——畢業旅行。

第一天光是交通就佔了大部分的時間，好不容易到了屏東縣車城鄉的第一個景點——國立海洋生物博物館。顧名思義，這裡展示著上百種的水域生物，其中最令人難以忘懷的非「海底隧道」莫屬了。海底隧道全長八十四公尺，踏進此地，彷彿置身於海底世界，徜徉於海中，許多陸地上看不見的景色，就在此時此刻盡收眼底，令人驚奇連連，流連忘返。

用過晚餐後天色漸暗，同學心中的興致卻是越趨高昂——因為在不久之後，所有人即將齊聚一堂，參加一個不瘋不歸，百萬級音響的聯歡晚會啦！晚會上，在五顏六色的燈光、撼動人心的快歌、各班代表的精彩舞蹈催化下，每個人的情緒都「嗨」到了最高點！隔天酸痛的手臂、沙啞的聲音再加上近乎殘廢的雙腿，應該就是最好的證據了吧！

第二天一早，馬上就出發親近大自然——墾丁森林遊樂區。在空氣汙染如此嚴重的時代，能夠盡情深呼吸的地方實在少之又少，而到了這個如此珍貴的「寶地」，倘若不好好享受這天然的森林浴，多吸收一點大自然饋贈的芬多精，怎麼對得起自己呢？另外，在群山的環繞之下，卻有座「觀海樓」矗立於樹林中。登上這座六層樓高的建築物後，頂樓風勢雖大，卻能讓森林遊樂區完全映入眼簾。湛藍的天空、翠綠的樹林，這幅景象就如畫作一般的夢幻，卻又真實得令人心曠神怡。這般美景立刻深深烙印我心中。

當天晚上，為了隔天的義大樂園，每個人都拖著疲憊的身軀來到了高雄義大皇家酒店。即使如此，當所有人都來到義大專屬Shopping Mall時，眼睛仍然立刻為之一亮，面對著服飾、精品、小吃等琳瑯滿目、應有盡有的商品，大家早已將白天的疲倦拋到九霄雲外，毫不手軟地盡情消費一番啦！

第三天，當我站在這三天的壓軸——義大樂園的大門前時，我才深刻的體會到，身為「一班」到底是多麼幸運——他不只是一個數字，更代表著遊樂園的進場順序！搶得頭香進場之後，我馬上決定挑戰令人膽顫心驚的鬼屋「萬聖屋」。我們幾位男士再加上在入口巧遇的一群女同學，就這麼開始了挑戰。裡頭昏暗的光線、陰森的音樂，再加上不時出現的蒼白人臉，不論男女，所有人都被嚇得尖叫連連、全軍覆沒啦！

另外有一項號稱一大特色的遊樂設施「天旋地轉」，它就像一座可以轉動的巨大槓桿，但因座位本身沒有固定，自然會隨著大槓桿三百六十度的轉動。而你真的會體驗到的是名副其實的「天旋地轉」：天真的在旋、地真的在轉，完全失去重心，彷彿身處無重力世界一般。體驗結束之後，我只覺得——我好像和閻羅王打過招呼了。

光陰似箭、歲月如梭。三天兩夜的畢業旅行一眨眼就過去了，即使過程中的回憶不全然是快樂的，還有像緊張、煩躁、依依不捨的各種心情。但無論如何，我會永遠珍惜這段珍貴的時光和這一切的一切——因為這些都是我和九年一班共同的無價之寶！

當下課鐘聲響起

蔡佩芬

「噹！噹！噹！」下課鐘聲響起，回想起小學，當下課鐘聲響起，大家就像是熱鍋上的螞蟻，急著下課，奔向遼闊的操場去玩耍，或是在教室和同學聊天，每個人臉上都洋溢著幸福和笑容，這種情景在小學畢業後看到的次數屈指可數。現在的我，好羨慕那時無憂無慮的我們！那種平凡的幸福讓我到現在還無法忘懷。

「噹！噹！噹！」令人期待的下課鐘敲醒了寂靜的校園，瞬間就變成嘈雜的菜市場，每個人都像是飛出鳥籠的鳥，興奮的振翅高飛，翱遊在無垠的藍天。「噹！噹！噹！」上課鐘敲醒每個人的美夢，宛如跌落黑暗的山谷，開心的心情，完全被磨滅了。或許下課是大家最快樂的時候，但對我而言，上課時間是彌足珍貴的，因為下課只是給我們時間吸收上課所學和休息，為下一堂課準備，更因為能像海綿一樣，在浩瀚的知識寶庫中，吸收到各種不同的知識。

幸福的下課鐘響起，大家就像是獲得重生，興奮的從椅子上跳起來歡呼！跑出教室，這是一種我所嚮往的幸福，因為看到他們燦爛的笑容，給我溫暖和力量，讓我有勇氣面對一切，或許平淡的每一天，也可以是一種幸福。平凡無奇的鐘聲讓我找回笑容和勇敢，也時時提醒我不要忘了最初的我。

回想起小學六年來聽過不知凡幾的鐘聲，用不同的心聽，它可以是敲醒可怕夢魘的聲音，也可以是如黃鶯出谷般美妙的歌聲，更可以像一首五音不全的曲子。鐘聲帶給我的感覺像一首思念的歌曲，帶著簡單的幸福、淡淡的憂愁和美好的回憶。在我的心中，鐘聲是最美妙、最和諧的音樂，給我信心和力量去迎接未來的每一天。

寒假記趣

王稔中

有一年的寒假特別長，一共有一個月之久，我們全家提早做好規劃。除了到各地旅行之外，還時常運動爬山，更看了幾個展覽，最有趣的是我們接待了四位來自香港的女大學生。

她們在我們家住了好幾天，因為她們的到來，讓我們家充滿了歡樂的氣氛。第一天，我們到台北車站去接她們，她們帶著超大的行李，跟著我和媽媽搭捷運又搭公車，舟車勞頓、風塵僕僕來到我們家。

第二天，我們帶她們去了九份、淡水和士林夜市。因為正逢過年期間，到處喜氣洋洋、人山人海，讓她們見識到台灣的風土民情以及新年的各項習俗。初九天公生那天，她們半夜十二點還沒睡，聞到燒金紙的味道，又看到外面樓上有火光，以為發生火災，緊張得把我們叫醒，結果只是虛驚一場。真是笑死人了！原來是香港沒有這個習俗。

後來我們又一起去了慈湖、大溪老街、齊粑崠等許多地方。她們覺得最好玩的地方是「齊粑崠」，那裡既悠閒又舒服，不會人擠人，也沒有到處都是攤販，因為那裏是媽媽小時候住的地方，還種很多咖啡呢！

那年的過年，因為有從香港遠道而來的朋友，讓我們有了不同的感受及體驗，所以是一個既難忘又有趣的假期。

愛上國文課

蔡佩芬

每一天來到學校，最期待的不是體育課或是輔導課，而是國文課。雖然在許多人眼中，國文課是枯燥乏味的，但對我而言，國文課是最有趣的一堂課，也是我最喜歡的一堂課。

不知道從哪時開始，我已經深深的愛上國文課，每次總覺得時間過得好快，彷彿是才剛打完上課鐘就下課了，即使是一整天都上國文課，我想我不但不會覺得累，甚至會覺得很開心、很幸福。書裡的文字總是深深吸引我的目光，就像是看到心儀的對象站在面前，一秒都無法轉移我的視線。國文老師總是能讓我集中注意力聽課，不會想做其他事或發呆。一篇篇的文章，總是讓我驚嘆得望塵莫及，但又好像能身歷其境，並期許自己未來能像他們一樣，寫出膾炙人口的好作品。

國文課有一種特別的魔力：能轉換我低落的心情，當我遭遇到挫折、心情沮喪時，看到作者不屈不撓的精神，我會豁然開朗——小小的失敗不算什麼，只是通往成功之路的起點。挫折，可以使我更加堅強的走下去，宛如是看到一絲光明在黑暗的道路上，可以不害怕一切。國文課讓我學習到不知凡幾的知識和道理，它永遠不像數學、理化艱澀難懂，只要用心就能感受到它的美

國文課是一堂會讓我打從心底快樂的課，會因為多認識了幾個字或多讀了幾篇好文章而雀躍不已，那種充實心靈而快樂的感受，不是玩電腦或打電動那種及時的快樂能取代的，也不是做任何事能取代的。我相信不管是以前或未來，我都已經深

深為國文課著迷，它可以讓我忘掉傷心的事，因為喜歡上國文課，我的校園生活變得更有趣，也因為國文課我才能感受到這種獨一無二的開心、無可取代的幸福。

難忘的隔宿露營

林仁凱

這天，是我期待已久的日子，也就是八年級的「隔宿露營」。這是我第一次去露營，也是第一次和國中同學一起過夜。在這兩天一夜中，最讓我覺得有趣好玩、回味無窮的，就是隔宿露營的第一天的活動。

經過一整天的訓練下來，從儀態訓練、高空垂降到爬行鋼索，我都快崩潰了。還有接下來到了吃飯時間，但也代表另一個混亂場面的來臨，因為飯竟然要我們「自己煮」！本來覺得自己動手做沒什麼困難，沒想到連菜都沒幫我們準備好，所有準備工作得自己來，又是排隊拿飯、又是排隊洗碗，搞得我有吃跟沒吃一樣！

每個隔宿露營活動，都少不了一個營火晚會。飯後，我們到廣場集合，只見所有人圍著營火，但接下來他們竟然讓屋頂的紙鳥燒了起來！讓「火鳥」飛到營火堆中！營火就在大家眼前點燃了，和我們在電視上看到的方式大不相同。再來就要我們拿著螢光棒搖來搖去、跳來跳去，我差點沒給操死！

其實，隔宿露營最困難的地方，既不是高空垂降也不是攀岩，對我來說最困難的事情是「洗澡」。這真是太誇張了！解散不到兩分鐘，浴室已經有人在排隊，人多到好像在買新推出的電玩一般！要洗到澡根本和登天一樣難，排到快無力了，終於輪到我了，洗不到一分鐘，就有人在外面罵說：「洗快一點啦！」一下衣服掉到地板、一下肥皂不見、一下鞋子拿不出來，一整個亂七八糟，除了有熱水，不然就是名副其實的「戰鬥澡」。

隔宿露營的另一大重點，就是要和同學一起在帳棚裡玩到天亮。洗完澡後，我一個人回到帳篷裡，心想累歸累，但隔宿露營一生說不定就這麼一次，怎麼可以把寶貴的時間睡掉，於是我們這一組等到晚點名結束後，就和同學一起聊天，吃著不知來歷的柚子。隨著時間愈來愈晚，睡著的同學也愈來愈多，最後，我和唯一清醒的同學一同去上廁所，一路上，一個接著一個的帳篷出現在我們眼前，眼前寧靜的道路上只有我們倆，心裡著實感到毛毛的，這可是在家怎麼樣也無法體會到的感覺。但一天下來真的太累了，趕緊回到帳篷，不知不覺地就睡著了。

隔宿露營的第一天就這樣完美的結束了，這一天真是我人生中最難忘的回憶之一，真希望可以再來一次，再享受一回。

隔宿露營

薛瑞婷

大家期待已久的隔宿露營從陽光普照的早晨開始了！在巴士上的同學們有說有笑，還有領隊教我們如何打繩結，使我對這趟旅程減少了不少緊張的心情。

到了園區內先是和中隊及值星官培養默契。午餐後便開始了接下來山訓的課程。第一站到了漆彈場，除了享受漆彈射擊的快感外，還了解到原來有一種漆彈是可食用的！攀岩之後來到最酷的滑雪場，剛開始對負五度還不以為然，沒想到這氣溫竟低得足以讓人發抖！一旁有精緻的冰雕可以欣賞，真正令人嘆為觀止。然而，精彩的還在後頭！

晚會來臨，動感的音樂及舞蹈，讓所有人都沉浸在一片瘋狂的尖叫聲中。最有趣的還是莫過於「第一次聽到校長唱歌」啦！狂歡之後，一場煙火秀為晚會畫下句點。

翌日早餐後，面臨一項大挑戰——從四層樓垂降！我挑戰了自我，克服的是「恐懼」而非「懼高症」！以後如果還有機會就不怕啦！

這趟旅程讓我獲益匪淺，也終於勇於嘗試！亦更加了解到團隊合作的重要性！最後，謝謝學校及老師讓我能夠有特別的經驗與另類的學習。

隔宿露營之「失眠記」

傅湛馨

我在一片漆黑中睜開眼睛，朦朧中有種作夢的錯覺。頭頂上不是熟悉的天花板和吊燈，而是四根交錯的楹柱和帳篷。哦！對了！我在帳篷裡，我正在露營呢！

冷風從帳篷拉鍊的縫隙鑽入，這應該是讓我失眠的原因之一吧！冷空氣向來能讓人清醒，但這回它也來得太不是時候了，怎會在凌晨四點叫人起床呢？

這也不能全怪它，昨晚營火晚會沸騰的血液還在血管裡翻攪呢！此時此刻，我腦海中正不斷重播著那一聲聲震天的吶喊，一段段精彩的舞蹈。四周雖然寂靜無聲，耳邊卻環繞著令人熱血沸騰的搖滾。心裡一陣又一陣的悸動，教人怎麼跟這靜寂的夜晚融和呢？

索性不睡了，起身收拾昨夜倉促中散亂的行李。看著還帶著水珠的肥皂，我不禁想到昨天的戰鬥澡。在經歷令人心跳加速的高空垂降，以及滿頭大汗的「晚餐DIY」後，三分鐘的沐浴雖是難得的放鬆，卻同樣令人神經緊繃。我想這兩天的露營，在大家的回憶裡一定是令人神經緊繃卻又充實的。

手機的鬧鈴響了！天啊！不知不覺竟已五點半了。天，已經露出了魚肚白，我搖醒身旁的伙伴：「快起床，再慢就要趕不上集合囉！」

隔宿露營

馮珮芝

隔宿露營的前一天，我興奮到睡不著覺，凌晨五點就爬起來，從一樓走到四樓，來回走了好幾遍，邊走邊想會發生什麼好玩的事？應該要怎麼玩才會過癮？覺得自己當下陷入重度的幻想症。

到了園區後，直叫：「哦嗚～哦嗚～」實在是太大了！邊參觀隊輔姐姐邊和我們說：會有很多的挑戰極限關卡，例如：高空垂降、走繩索、攀岩……等，光是聽到就有點發抖，大家都好奇的問對方敢不敢挑戰？當看到高達四層樓高的繩索，嚇得我屁滾尿流，最後還是硬著頭皮去試看看，發現其實沒有那麼恐怖，反而想再挑戰更困難的。

令我印象最深刻的就是「野炊」了，大家展現了自己十八般的廚藝烹煮菜肴，每個組員都貢獻了一道菜，結果肉沒熟還有血，菜也沒熟……，看著滿桌「慘狀」，我們哄堂大笑，一直猛吃白飯，也跳槽到別組去搶人家的飯菜。這個畫面，連在睡夢中想到都會笑，不知道大家是不是也跟我一樣呢？

這次的活動讓我領悟到許多事情，發現團結的重要性，很多事情一個人是沒辦法完成的，需要大家一起努力，也因此看到了班上每個人不同的一面，這是我國中最難忘的美好回憶。

隔宿露營之「營火晚會」

葉炳苓

隔宿露營最精彩、最刺激、最好玩的重頭戲就是「營火晚會」啦！在營火熊熊燃起後，大家圍著營火，跳著營火舞。接著是大哥哥、大姐姐的開場舞，他們將氣氛炒熱到最高，大家的心情high到了極點。

黑暗中五彩繽紛的點點螢光，大家將手中的螢光棒舉得高高的，用力地揮舞著，隨著音樂翩翩起舞，為台上的表演者加油。各班的舞蹈表演者都在台上盡力的揮舞著雙手，像顆閃耀的星星在舞台上方發光發熱。音樂聲、尖叫聲此起彼落，誰也不讓誰。

營火晚會到了尾聲，布幕上播著我們這一天的回憶，有歡笑、有汗水，音樂不再刺耳，輕輕的、柔柔的，激動的心情也慢慢平靜了下來。中秋節快到了，我們便走到會場外的廣場，抬頭欣賞著又大又亮的月亮。

「咻——砰！」亮麗的煙火畫破天際，突如其來的驚喜讓大家都驚訝不已，驚嘆聲四起。絢爛美麗的煙火在夜空中綻放，一朵又一朵，卻在空中一一散去，就像今晚儘管精疲力竭，卻又捨不得結束。

隔宿露營之「營火晚會」

賴安琪

那一刻，那個聲音，那個畫面，一直在我的腦海中迴盪著。沒錯！就是那個畫面，隔宿露營的營火晚會。

還記得，在那黑暗的空間中，無數的螢光棒在揮舞著，螢光棒就如同天上的星星般，照亮了整個夜空，刺耳的音樂伴隨著響徹雲霄的吶喊聲，這個畫面讓人有種說不出的感動，舞台前的舞者，盡情地揮灑著汗水，賣力地舞動著，那華麗的舞姿，深深的吸引著我的目光，他們的熱情，渲染了整個會場，不管是誰，都用生命在為他們尖叫、歡呼。

照耀著大地的月亮，吹著樹林的微風，還有昆蟲的鳴叫聲，這一切的一切都讓人感到安心。閉上眼，靜靜的回想那撼動人心的場景，就足以讓人興奮不已。在幾百隻的螢光棒的點綴下，會場宛如星空般的閃耀，再加上五彩繽紛的雷射，讓我彷彿到了令人驚奇的未來舞臺。這感覺，人生就只有一次，不管是螢光棒形成的光海、人們的聲音、華麗的場景，都深深烙印在我的腦海中。

旅途中難忘的一天

邱馨柔

隔宿露營那天，我醒得特別早，將行囊稍作收拾，便到校準備集合。一路上也忘了吃早點，只想早些出發，早些到達目的地。

期待已久的隔宿露營在大家引頸企盼中正式開始了，但目的地的豔陽烈日毫不留情面地直直照射，以及陡峭的山坡相逼下，我開始顯得步履蹣跚，腳步沉重起來，就在此時突然「啪！」的一聲，行李袋居然破了，這使得我不知如何是好，只好裝作什麼事都沒發生，抱起行李快步往前。終於，帳篷搭好了，我才算是鬆了一口氣。

我們腳步加快前進到了集合廣場，經過一番聲嘶力竭，便是午餐時刻，我們連忙接過熱騰騰的飯菜，同學們各個吃得津津有味。午飯時間結束，又接著下面的行程，我們首先排練營火舞，不知是怎麼了，大家被各班的隊輔帶著，不斷的繞園區走，帶在身邊的水也越來越少。仔細看路邊佇立著不少男同學們特別感興趣的石像，我們女生看著倒有些尷尬，走在草皮也得特別小心爛泥，動作歪歪扭扭，有時在遠處還能看見有人在排隊玩「三繩兩索」，挺刺激的！

繞了數圈園區，隊輔帶著第三中隊到「三繩兩索」，說明一番後讓大家挑戰高達四米二的「它」，不過礙於本人會懼高，所以全程只在下面看同學在上頭眺望景色的模樣，心裡頭其實挺羨慕的，因為無聊順勢看了看上頭的山景，只見遠方那朦朧處，一片一片方格狀的農田整齊排列，黃、橙、綠相互間雜，其中也有高矮不齊的房屋矗立在農田中央，像極了三色地毯。

腳下的草皮，有幾隻小蟲、螞蟻和蚱蜢在追逐，偶爾也驚動身旁的小草，實在有趣啊！

時間一晃眼就過了，到了晚間開飯時刻，我們大廚風光的端出那炒得嗆辣的高麗菜，吃上一口宛如能噴火一般、還有那口感厚實的三色豆炒蛋、口味適中的醬油炒雞肉和最後一道海帶湯，連在一旁的班導也是讚不絕口。

晚上吃飽喝足後，就是營火晚會，每人手上都有根螢光棒，晚會聲音大得快震破耳膜了，就在此刻，手中握緊的螢光棒裂開了，螢光劑順著裂縫流出來，我驚嚇了一下，立刻找到洗手臺清洗，還好那時晚會已接近尾聲。

晚會一結束，我連忙飛奔到盥洗室洗澡，出來身上穿著大家說好的班服，準備返回帳篷，領取睡袋和睡墊，準備就寢，結束我這一天的疲憊。

生活點滴

寫給媽媽

楊知軒

媽媽：

這一年一度屬於您的日子到來了，在感恩的母親節這一天，我希望能為您分憂解勞。

謝謝您為我、為這個家做的許多事，這些事情雖然不大，但也滿溢著您全部的愛。天冷時，為了怕我著涼，總替我把外套放在書桌上，以免我忘記拿，還幫我把水壺先裝好溫水，知道第二天會下雨，就先提醒我要記得帶雨傘，擔心我睡覺時會踢被，幾乎每晚都到我房間為我蓋被子。

這些點點滴滴，看似微不足道的小事，都充滿了您對我的愛。我總是會因為身心疲累而對您抱怨這、抱怨那的，您則是默默包容著我的壞脾氣。這次換我來幫您，平時看您工作到眼睛累、背也痠，我想幫您按摩、搥背，為您減輕不舒服。我也想在您有煩惱時，當您的專屬垃圾筒，多為您分擔一些憂愁，讓您把不愉快的情緒紓解掉。可是我想現在最重要的，是把自己的身體照顧好，學業成績做好。

我想為您做的事有好多好多，想為您分擔煩惱，想成為您貼心的小幫手，想做您的開心果……，只要我能力所及的，我都想盡全力去做好，只因為您愛我、關心我、照顧我，您是我最重要的親人，所以我也想為您這麼做。最後！我想大聲地對您說一句：「媽媽！我愛您！」

爸爸，謝謝您！

薛瑞婷

人生的旅程中，除了朋友、師長外，首要感謝的就是一直陪伴我的家人了。

這十四年中，啟發我最多的人是爸爸，或許在我出生前，爸爸就為我準備了很多東西。

爸爸對我和妹妹的教育，除了用民主，還恩威並施。小時候一直無法理解爸爸為什麼要打罵我們？直到有一天，突然想起爸爸之前的教訓，才沒有犯下同樣的錯誤，還因此被長輩稱讚，隨著年歲成長以後，真正了解打罵是為了我們好。

爸爸為了增廣我們的見聞，每年帶媽媽和我們姊妹倆出國！從機票、飯店和行程都由爸爸一手包辦！其實這很累，因此爸爸回飯店後都是第一個睡著的，但他永遠都是早上第一個起床的人！

除此之外，賺錢不容易呀！從小學英文、學琴到現在，肯定是天文數字一筆！爸爸有些同事的小孩還小，但他們卻不打算讓小孩學才藝。學不難，那持續呢？況且還有食、衣、住、行及生活費！

現代人忙，常有許多人因工作而忽略了家人。爸爸除非有聚會，不然一定會回家吃晚餐，每個周末也會一起回爺爺和奶奶家。

上了國中之後，遇見更多的同學，也發現很多人跟父母缺乏「溝通」，一天講不上幾句話。但爸爸經常會用空閒的時間跟家人一起聊天，喝下午茶，同時也分享一些事及看法。

到目前為止，我用小朋友的角度跟父母承諾了許多事情。比如：環遊世界、以後住在一起、移民到國外去……等，諸如此類，想到就禁不住微笑！希望我能用我的努力達成約定！

「讀書不是唯一，適時地充實人生也很重要。」來自爸爸的人生觀點。爸爸，謝謝您！

阿嬤的話

黃欣尉

以前跟阿嬤住在一起，總覺得她常常唸東唸西很囉嗦。自從阿嬤搬去台北姑姑家後，才覺得阿嬤說的每件事都有她的道理。

「吃不下去，就用湯加飯一起吃下去。」小時候我總是不懂這句話的含意，所以每當我聽到阿嬤跟我說時，我總是生氣地回答：「就真的已經吃不下去了。」當然說完後換成阿嬤生氣了。直到長大才知道，原來阿嬤說的「吃不下」，是指「吞不下去」，而我的「吃不下」卻是「吃飽了」。

阿嬤說的話都不是什麼大道理，因為她小時候家境清寒，父母沒有多餘的錢供她讀書，但在她身上依然能接收到阿嬤要教導我們的事。有一次在廚房看見一個發霉的麵包，我正要丟掉時，阿嬤說：「等一下！那個是我要吃的。」頓時讓我眼眶泛淚，她是多麼的節儉，連發霉的東西都捨不得丟掉。至今那句話還常常迴盪在耳邊，已深深的烙印在我的腦海裡。

隨著時間的流逝，阿嬤的年紀愈來愈大。有人說：「老人的心智有如小孩一樣。」以前她曾說過各種解決問題的方法，如今反而變成我們去教她。我很感謝阿嬤的老生常談，在我成長過程中她教導了我很多學校沒教的事。雖然以前覺得阿嬤很煩，現在生活中少了阿嬤，卻像是感情有了缺口。希望阿嬤能身體健康，平平安安的走完人生。

寫給妹妹

王彥懿

親愛的妹妹！對不起！以前常常欺負妳，而且使喚妳做東做西的，我把這些當成了「姊姊」特有的權力，順理成章地把妳當成我的小跟班。

雖然妳的年紀比我小很多，但在妳的身上我也學習了很多。以前，妳還沒出生，我還是家中的獨生女時，我就像是家中的小公主，什麼東西都是我的，要什麼就有什麼。但自從有了妳，我開始學習「禮讓」及「分享」，就像現在只要有餅乾、糖果，我第一個想到的就是分給妳。

另外，妳還教會了我「勇敢」。還記得有次媽媽要我們去買東西嗎？那是我第一次在沒媽媽陪伴下出門，所以很緊張，但是小小年紀的妳卻不害怕，甚至還可以和老闆聊起來，我真的很佩服妳，因為我做不到，妳讓我了解到：妳做到了，那我還做不到嗎？

希望妳能包容我這個姐姐，原諒我之前的所做所為。因為妳讓我學了很多很多，妳讓自私的我懂得分享，讓害羞的我懂得勇敢。雖然我們常常鬥嘴，但是我還是很愛妳，我想這就是所謂的「姊妹」吧！親愛的妹妹！我真的非常愛妳，也以妳為榮，希望下下下輩子都能和妳當姊妹！

寫給家人的一封信

黃瑄韻

親愛的爸爸：

你是家裡的大支柱，是我們溫暖的庇護所，提供我寬大厚實的肩膀，陪我走過我低潮時期，並幫我接住淚水。

從小到現在，您不停地為我付出，每天上學時，您不管自己多忙、多趕著上班，也一定要親自送我到校門口才放心，你總是把我們的事擺第一優先。

在童年記憶中，我們常和弟弟一起在海邊嬉戲，伴隨著海浪、藍天、白雲、沙灘，一切歷歷在目。即使小學時您對我很嚴苛，不過我知道都是求好心切，希望我表現更完美，當弟弟的榜樣。

現在的我雖然有時候會頂嘴，但還是很愛您，很謝謝您對我無微不至的照顧。現在我長大了，事情幾乎可以自己完成，希望您少一點操心，多一點心力照顧身體，也不要過於忙碌，或忘記吃飯，讓自己的健康亮起了紅燈。

我想送給您一雙天使的翅膀，這樣就不用東奔西跑，也不會把自己搞得焦頭爛額。我也知道成績是最好的報答方式，我一定會好好努力，把最成功的一面呈現出來，讓您以我為傲。

敬祝

身體健康

女兒瑄韻敬上

一零三年五月十二日

與美味邂逅

謝昕紓

炎炎夏日，走在馬路上，艷陽高照，散發著無人可擋的熱情，頑皮的汗水悄悄的爬上我的臉頰，頓時讓人想起兒時冰涼順口的好滋味——外公牌特製古早味剉冰。

腦海裡，浮現的是外公那專屬於我的和藹笑顏和那碗為我特製的剉冰。外公從冰箱深處拿出一塊比我腦袋還要大的冰塊放在一個長得奇形怪狀的機器上，而我則按著他的要求拿出我最心愛的小碗放在怪機器的腳下，好奇的凝視著外公的一舉一動。他緩慢的轉動起機器頭上的轉盤，我驚奇的發現，怪機器下竟飄著白皚皚的雪花，輕飄飄的落在我可愛的小碗裡，正開心的玩著疊羅漢呢！不一會兒的功夫便堆出了一座晶瑩的雪山，外公拿起一旁的黑糖漿淋在雪白的山峰上，黑糖漿彷彿在賽跑一般，順著斜斜的山邊爭先恐後的奔馳著，我最愛的外公特製古早味剉冰就大功告成了。

步驟雖然簡單，但是卻充滿著外公慈愛與寵溺的滋味，拿著小小湯池鏟起一小口雪花，迫不及待送進口中，當涼爽的冰遇上了溫暖的舌頭，融化的瞬間黑糖加了進來，開心的和冰涼雪水跳起了華爾滋，緊緊相融的美味讓人忍不住一口接一口地嚐個不停，沉浸在無比幸福的美味裡。

年紀增長，歲月在外公臉上留下無情的痕跡，時間竊取他的精力，使我再也吃不到那令人懷念無比的可口剉冰，但那股幸福且冰涼順口的好滋味，卻深深的烙印在我心底，讓我無時無刻回味無窮。

雙忠廟記

楊孟庭

阿公總是一件寬鬆的白色短袖、洗得起皺的黑色七分褲、一雙藍白拖，有著「一蓑煙雨任平生」的瀟灑，也散發出一種與生俱來「兵來將擋，水來土淹」的淡定，因此，他可說是村子裡的大領導。而阿公的種種事蹟中，最令他驕傲榮耀的就是召集大家捐款，蓋了村子裡唯一的信仰中心——雙忠廟。

雙忠廟雖然不大，但麻雀雖小，五臟俱全，供奉的神明是唐代兩位忠義的將軍——「許遠和張巡」。牽著阿公長著薄繭的厚實大掌，年幼的我全心全意的仰望著他。在晨曦中阿公的側臉平和溫潤，方正的額角、粗挺的眉和堅毅的下巴，他總是雙手合十，虔誠祈禱：「保佑我的乖孫以後當個正直的人。」而我的小腦袋裡只是想著：「如果阿公披上了盔甲戰袍，哇！那不就像極了書中正義凜然的大將軍嗎？」

如今，阿公過世已經好幾年了，昔日祖孫相視而笑的溫暖，也只剩我孤單一人的寒冷。我獨自漫步，走到了雙忠廟，一旁的榕樹依舊綠蔭繁盛，門口的石獅子依舊活靈活現，紅瓦的屋頂依舊古色古香，金爐依舊香火鼎盛，而那雙牽著我的大手去哪裡了？正所謂「景物依舊在，人事已非！」滿心酸澀的我邁著沉重的步伐走入廟裡，都是線香濃重的氣味薰得我眼眶微濕，都是白煙繚繞使我的視線模糊。我停在阿公每次站的老地方，望向威武的將軍像，朦朧間，我彷彿看到眼前這端正的將軍像臉孔和阿公的影像交疊，我彷彿聽到阿公低啞的嗓音：「當個正直的人……」霎時，我感到一種平靜油然而生。

雙忠廟陪伴著我，從幼年美好的祖孫時光，到我沉浸在走不出的傷痛，然後我豁然開朗，把喪親之痛昇華為心底最靜美的回憶和最深摯的親情。小時候我不懂阿公的那些期許蘊含了多濃的情感，他是把這份滿溢而出的愛濃縮成了一句木訥的話。現在，我恍然大悟，愛不是死去活來的悲痛，而是帶著離開的人所留下的祝福面帶笑容、重新出發。我下定決心再也不沉溺於哀淒之中，我要帶著阿公的期許和愛，努力當個正直良善的人。

南派三叔，謝謝你！

謝姍倪

從小到大，幫助過我、要感謝的人排起來恐怕可以比萬里長城還要長吧！然而此刻我最想感謝的人不是父母、不是老師、也不是朋友，只是一名我不認識、也不認識我的人，他就是《盜墓筆記》的作者——南派三叔。

我感謝他的原因很簡單，因為他寫出一部對我來說意義非凡的作品。起初接觸到這個作品時，我並不以為意，就跟普通的小說沒兩樣，但是讀得越多，甚至讀到最後，我的視線卻再也離不開它了，它不知不覺地改變了我對人生的態度。

以前的我面對痛苦、挫折時，只會自怨自艾，總想著無數的「如果」，像個駝鳥般漠視問題，但當我看見書中主角面對困難，雖然一開始他會害怕、會迷惘、會退縮，甚至想逃避一切，但當他意識到這是他的責任，一定要去面對時，他的內心就有了無比的勇氣，而他心境的變化徹底影響到我，讓我覺得他在那麼艱難的困境都有前進的勇氣了，那我的這點雞毛蒜皮的小事又算得了什麼呢？還有我以前整天漫無目的、渾渾噩噩的過日子，從來不覺得有什麼不好，但是我看到主角為了達成目的，脫胎換骨、捨棄所有他所看重的事物，我才徹徹底底的知道自己錯得離譜。以前我沒有目標、沒有覺悟，跟他簡直差了十萬八千里，他使我有了決心，決定要擁有目標並為它而努力。

這部作品是活的，南派三叔筆下的每一個角色都活靈活現的在我眼前訴說著他們的故事，他們是那麼真實，且沒有預警的出現，改變了我。三叔，謝謝你！謝謝你寫出一部如此精采的故事。

這滋味

徐逸辰

每個人腦海總會有一些難忘的滋味。在寒冬的夜晚，還在書海中奮鬥的我，這時媽媽遞上了一杯熱茶，溫暖了我的心扉，使我能更加努力奮戰，繼續向前邁進。

在寒冷的冬日夜晚，在書海中奮鬥的我，能量指數已經降到最低點，這時突然傳來一陣親切的聲音，轉過頭，看見媽媽端著一杯熱呼呼的茶，能量頓時增加了一半，而喝下那第一口，精神隨即衝破量表，我的精神大振，寒意馬上逃出我的身體，使我的身體回到正常溫度，讓我能繼續在字裡行間跳躍、奮戰。這杯茶，就好比是戰場上的補給，提供最需要的後援。

當這杯熱茶來到我面前時，熱氣緩緩上升，慢慢的，將我的臉烘暖了，而茶香也隨之飄散出來，那茶葉，被熱水沖過以後，散發出那特殊迷人的味道，而精神也從沉睡中醒來，繼續為我服務。啜飲一口茶後，感覺精神從一片死寂中復活了。那茶清甜回甘，微微帶點苦澀，但也帶了點溫潤，喝下去，茶香彷彿在嘴裡舉行小派對，而進入食道後，茶香依然留在嘴裡，彷彿它捨不得離開，這滋味，頗有多種口感存在。

這滋味，是種微帶苦澀且甘甜的滋味，還帶著一股溫潤的滋味，更是一份蘊藏母愛的滋味，而「親情」是不需用金錢就可以購得的，這杯茶不僅使我精神為之一振，更使我感受到無私的母愛，我們應當珍惜，珍惜那難能可貴的親情滋味。

濃郁的幸福好滋味

謝昕紓

媽媽忙碌的身影，出現在廚房裡，空氣中飄盪著令人不禁食指大動的玉米香，正沸騰的是——我最愛的玉米濃湯。

全家人圍在餐桌前天南地北的聊著。一邊將盛著金黃色玉液的湯匙，一口一口地送入迫不及待的大嘴裡，讓那甜美的滋味如潮水般的在體內奔騰。

幸福，就在我們毫無防備之時，占領了屬於我們的領地，它們就在我們的四周，在屋裡的各個角落。濃郁的玉米濃湯裡，有著媽媽滿滿的愛，有她無怨無悔的付出，更有著濃濃幸福的滋味。

順著喉嚨緩緩流入，嚐到的不僅有美味，還嚐到了無比的體貼與關愛，這就是我最深愛的，幸福的好滋味。

零級分，謝謝您！

葉晨

從小到大，自我要求甚高的我，在課業上從不敢輕忽。國文、英文、數學……等，我什麼都讀，連雜誌也看，課外書也念，就怕輸了別人。這樣的我卻在一次作文的零級分裡，感覺自己所得到的比失去的多了許多。

那是在七年級的一次段考之後，國文課的鐘聲響了之後，老師走進教室，說：「葉晨，下課後來找老師，你的作文離題了。」這個噩耗如利箭般毫不留情的刺入我的心。當下的我和大家彷彿處在不同的異次元空間，心裡只有等一下會拿到的作文考卷，根本無心聽課。好不容易捱到下課，老師拿給我的是一張「零級分」的考卷。

那鮮紅色的圓圈再度重重的打擊了我的心，眼淚馬上撲簌簌地在臉上形成兩道小河。老師遞了幾張衛生紙給我，待我擦乾眼淚後，老師說了句：「因為你是特別的學生，所以老師才特別跟你說。」這句話對當時還很孤單的我來說，就如一道暖流，緩緩的療癒著我那心中的傷口。回到座位上後，我趴在桌子上，靜靜地承受著這一切。此時，一隻溫暖的手拍了拍我的背，伴隨著一句：「你還好嗎？」接著，一隻隻手掌撫上了我的肩膀，加上一句句鼓勵的話，好似把我那孤獨的心一塊一塊的修復了。我心想：「有這麼多願意關心我的同學和老師，何必鑽牛角尖呢？」於是，我抬起頭來，給了他們一個最令人放心的微笑。

從那之後，我交了許多知心好友，一起歡笑、共同難過。現在的我和之前簡直判若兩人。一次的零級分，我發現了自己其實身處在大家的關懷中；一次的零級分，使我走出了鑽牛角尖的死胡同；一次的零級分，使我得到的比我失去的多了許多。誰也想不到，這顆鮮紅色的鴨蛋有著如此的力量。零級分，謝謝您！

不信贏不了

陳怡臻

俗話說：「若想成功，必先經歷一波三折。」然而在這些苦難之中脫穎而出的，不是人們所謂的天才，而是那些不服輸的人。他們不會自怨自艾，而是知錯能改，以退為進並努力不懈，這才是成功的秘訣。發明大王愛迪生說：「成功是百分之九十九的努力，加上百分之一的靈感。」我想其中的努力，就是面對成千上萬次失敗時，要想辦法如何突破，才能掌握成功的關鍵！

有次，年幼的我因粗心大意，數學成績總是容易「滿江紅」，每次都悔不當初。媽媽安慰我說：「下次再考好吧！我們要一雪前恥！」話才說完，不甘心的我終於恍然大悟。對呀！哭，有甚麼用呢？之後，我憑藉想要雪恥的心態，更加努力用功算數學，當令我心心念念的成績公佈時，我喜不自勝的大叫：「我成功了！」成績並不算亮眼，但增長的分數讓我感到之前的辛苦並沒有白費。那次，我像得到糖的孩子，蹦蹦跳跳地跟媽媽分享這甜美的滋味。

雖然，有時努力並不一定馬上就能看見自己想要的成果，但只要努力付出，之後得到的回報，肯定會一次比一次令自己驚喜。而當離自己的目標愈來愈近時，就會更加努力奮鬥，所得到的成功必定讓自己感到驕傲。假如半途而廢，將會前功盡棄，距離理想也會遙遙無期，可是如果跨越過一堵高牆，便是極大的成長。一邊是良藥苦口的天堂，一邊是糖衣毒藥的地獄，人不可能一步登天，但卻可能搭出通往天上的梯子，如何抉擇，全看自己是否有心。

不信贏不了

葉晨

人生之路，不可能一路順遂，難免會碰到挫折、失敗。這時，有些人會樂觀的面對，並尋求解決方法；也有些人會選擇轉過身，逃避所碰見的障礙。

還記得某次家政課時，老師要求大家織一條圍巾。那時我花了兩個星期的功夫，卻在最後結尾時，因為一個小錯誤而功虧一簣。當下我的反應自然是崩潰大哭，淚水止住之後，心中出現了兩個聲音——「直接交給老師？」或「再努力一次看看？」看著手上這條努力了兩個星期的心血，我決定要死馬當活馬醫，放手一搏！我開始回想老師的上課內容並思考解決方法，再經過兩個多小時的搶救之後，這條原本已經宣告死亡的「病患」終於起死回生了！

碰到挫折——圍巾織壞了——的時候，我大可直接把這個有缺陷的作品交給老師，但這只是「逃避」、只是「故意視而不見」而已，問題根本就沒有解決。最後，我選擇了「面對」，在認清失敗、分析錯誤之後，再加上一步步的嘗試，這才是解決問題的標準流程。當然，這也帶給了我甜美的成功經驗，若非如此，那條天藍色圍巾的處境將會大大不同呢！

有句話說：「從哪裡跌倒，就從哪裡爬起來。」這句話的重點除了「爬起來」之外，還要「向前走」。面對問題乃解決問題的第一步，倘若爬起來後卻又往回走，逃避問題的話，豈不是比沒爬起來更糟了嗎？人只要懷著堅定、積極的心，腳踏實地向前邁進，我不信贏不了！

不信贏不了

徐逸辰

「人生不如意事，十常八九。」在人生這趟旅程中，固然會遇到不如意的事，但只要勇於面對，必定會有不同的想法和心態。

最近中級英檢複試結果出爐，但有一項寫作未通過，當時的我垂頭喪氣，像極了洩氣的皮球，心情指數降到零，但經過一番眼淚戰爭和媽媽開導後，心情才逐漸緩和。但是事情終究得要勇於面對，於是我開始檢討事情的關鍵點，發現我的單字量並沒有十分充足，句子也不盡完美。在發現此一關鍵後，就要更精進個人實力。於是，多寫些作文和背些常用片語是個好方法，所以我想在寒假時展開這項訓練。

我認為，積極面對自己不如意之事是件重要的行為，倘若一味的逃避現實，只會使人原地踏步，不能向前邁進，所以要積極面對困難。「不信贏不了！」而身為人類，我們更應該學習魚兒力爭上游，努力不懈，唯有改正錯誤，才可在錯誤中學習。「失敗為成功之母」，可見有時錯誤是推進器，反而比逃避來得更好，更有用處。

「不經一番寒徹骨，焉得梅花撲鼻香。」若是沒有經過一番挫折，怎能得到甘甜的果實呢？因此失敗不是痛苦，而是通往下一個甜美世界的大門。

不信贏不了

游靖棠

人一生中，總會有挫折失敗的時候，然而，就看你是否積極樂觀上進，又或者自怨自艾、怨天尤人了。把挫折當成考驗或一個轉捩點，過了，你就贏了。若把它當成一座懸崖，一旦跌落了，永遠在萬劫不復的深淵，上不來，人生也就輸了！如果你不甘心自己這一輩子輸，那麼，請改變心態！

國中的考試，我的數學一直不曾考好，有一次段考，甚至掉到前所未有的不及格。之後，下定決心，不懂就問，不熟就算，一次兩次不會，十遍二十遍不會，我還要繼續。我相信，只要努力算到一百遍，熟能生巧，終究學得會！

剛學鋼琴、豎笛時，經常手指按錯，吹奏方式錯誤，經歷無數挫折後，我仍不認輸，經老師指導後，再加上樂觀求進步的態度，我努力不懈，不斷進步，甚至，收穫比往昔更大更多。

個人認為，當一個人真的下定決心要做好某件事時，是不會做不好的。要成功有成果，我覺得要有「三心」，即決心、耐心、恆心。

不要和別人比輸贏，和自己比，這才是能擁有最大幅成長的做法。因為只有自己知道，是否盡最大心力去完成這件事，倘若，答案問心無愧，那你便贏了，你贏了過去的自己，而且也贏了往日處理事情的態度。

不信贏不了

顏語緗

俗話說：「人生不如意，十之八九。」懂得把握一二是很重要的。走路難免會被石頭絆倒，學習容易會有阻礙，職場上也總是會被陷害。

人生常常遇到波折。但是，如果挫折今天選上的是你，你會怎麼做呢？是選擇逃避還是面對？或許你想逃避一切，但事情還是停留在原地。選擇面對吧！失敗了也沒關係，所謂：「失敗為成功之母。」不是沒有理由的！失敗能夠獲得的經驗往往比成功要來得多，懂得記取失敗的教訓比成功更能充實人生。

龜兔賽跑裡的烏龜雖然一路上落後很多，但牠絲毫沒有放棄，以積極正面的態度贏得了比賽。兔子雖然在起跑點優於烏龜，先贏了一半，卻還是因為未能堅持到底而輸給了烏龜的毅力。

此外，出身於不幸家庭的卓別林，雖然經歷父親因嗜酒去世，母親染病的傷痛，為了生計而做過報童、小販、夥計、小配角這類卑微的工作，但他並未因此自暴自棄。他說：「人必須相信自己，這是成功的秘訣。」他秉持著這個信念，踏入默劇世界，成為喜劇泰斗。

所以說，成敗的關鍵不在才能高低，而在態度是否積極。如果缺少自信，自己都不相信自己了，成功還會臣服於你嗎？不要只會追逐光影，而是讓光來追隨你。築一道迎接光明的自信之牆，並朝著目標勇敢邁進，堅信自己一定會成功！終究會成功！

秋天，藝術的季節

葉眉淇

秋天，是個藝術的季節，走在已變色的落葉上，「啪滋、啪滋」。當我漫步在金色大道上，不禁感嘆，這個如詩如畫的美景，一定能讓我像個詩人般，寫出動人的詩篇！

微風徐徐吹來，鮮綠的葉片已漸漸轉紅，一片片的葉子從我身邊掉落，撿起一片端詳著，發現每一片葉子都有不一樣的風格，長的、寬的、短的……，秋天景物就是如此美妙。

動物也都準備過冬了，好不忙碌呀！螞蟻們辛勤的找著食物，成群結隊地走著，像支有紀律的隊伍，排出各式各樣的形狀，讓我好像在戲院裡看戲似的。

秋天啊！你就像是一位充滿藝術的魔術師，能夠讓秋天的葉子轉紅，掉落下來與我共組一支美妙的舞蹈，還能讓小巧的螞蟻聽從你的指令，演出一齣令我佩服的戲來，真是太有藝術天份了！希望未來的你，能夠繼續使我在秋天擁有這麼棒的視覺盛筵。

秋天，能讓我讚嘆，一定有它的原因，或許平常我們並沒有這麼仔細地了解秋天的視覺藝術，那麼我要熱情的推荐，一定要常到森林區走走，你就能知道秋天是個藝術的季節了。

秋天，楓紅的季節

傅湛馨

有人說：「秋天的美是理智的、內斂的。」是呀！縱使沒有春的萬紫千紅、夏的林木蒼翠，但秋卻別有一番獨特的風韻。而楓紅，便像是龍身上的眼瞳，不可或缺。

當西風開始傳遞秋天的訊息，滿山楓樹便蓄勢待發，先是由葉尖，再到整片葉子，進而染紅一整棵樹，最後蔓延至滿山遍野，用一年最後的血液染出最美的姿態。

拾起地上的一片葉子細細賞玩，那抹紅有別於春天的耀眼，紅得沉穩、內斂。經歷過風霜的紅楓果然有別於花朵少女般的情懷，顏色是從還帶著濕氣的葉脈裡透出來，美麗中有著一副錚錚傲骨，美得理性與感性兼具。

秋天落楓常給詩人一股感傷，但看在我的眼裡，這卻是另一種「奉獻」。在活出自己最美麗的一刻後，把自己的軀體奉獻給樹下哺育自己的土壤，讓楓樹儲備來年再紅遍整座山的氣力；而自己呢？也回歸了故土。

走在落葉沙沙的林間，腳下楓葉正唱著生命的熱情之歌。今年的楓葉差不多要落盡了，但我知道，明年秋天，它們還會再紅著回來。

秋天，最優美的季節

胡珮菱

早晨的風徐徐吹來，輕拂著我的臉龐，我探頭望向窗外，映入眼簾的是一片柔和的景色。湛藍的天空、和煦的陽光、飛翔的鳥兒，這些自然的美，在剎那間烙印在我腦海中。欣賞完這些如畫般的景色，我不由得想到外頭去看看更廣闊更令我陶醉的事物，二話不說，我隨手抓起一件薄外套，便朝著大門走去。

走著走著，一片枯黃的落葉從我面前，慢慢、慢慢地飄落，此時，我才驚覺，原來時序已進入秋天。能夠悠閒散步的時間更是少之又少，景物變化就如報時器般，總能提醒著我們，季節已更迭，新的一季又來到了。原來啊！大自然也默默地在關心著我們。

差不多到了該回家的時候了，我這麼想著，抬起頭看著天空，夕陽微弱的光芒照耀著全身，沒想到……才走了一段短短路程，便已夜幕低垂了，隨即，我便轉身返回家中。

家中的頂樓是賞景的好去處，我爬了上去，夕陽的餘暉已不再，取而代之的是皎潔的月光，從枝葉間灑落下來，白如玉盤的月和滿天的星斗，星月交輝下，就如同欣賞大型歌劇般的精彩萬分。晚風催促著，要我進屋裡去，別著涼了！我才依依不捨的離開。

秋天，這個既優美又涼爽的季節，帶給我的震撼和感受總是無以計數的多啊！只可惜，很快地，它又要悄悄地溜走，明年才能與它再相見。

秋天，重逢的季節

葉晨

在微風徐徐地吹拂下，道旁的楓葉被染成紅色。樹下三三兩兩，背著書包的學生準備見到兩個月沒見的同學——秋天，是重逢的季節。

經過了兩個月漫長的暑假，到了開學日當天，卻覺得玩得還是不盡興。走出家門，眼角餘光瞥見了路旁的樹木，平常那濃密的綠色枝葉已不復存在，取而代之的則是逐漸凋零、光禿禿的枝條；而不論是從身邊呼嘯而過的摩托車騎士，還是趕著搭車的上班族，都看不見夏天的清涼裝扮，而是穿著能夠禦寒的防風外套，我這才著實體會到：秋天真的來臨了。

秋天的來臨，代表著夏天的結束；夏天的結束，也代表著暑假逍遙的時光即將逝去。當我拖著沉重的腳步走進教室時，一聲「早安！」頓時使我心中的無力感消失無蹤。因為，雖然自由的暑假已經結束了，但是，這裡的每個同學都開心地面對了這個現實。在和大家打過招呼後，我隨即加入了嬉鬧的行列。

秋天，或許代表著暑假的結束，但是，公平的老天爺安排了我和這群溫暖的同學再次見面，共同歡度多采多姿的校園生活——秋天，好一個重逢的季節。

秋天，美食的季節

李沛萱

秋天，已經慢慢地來到我們的身邊。秋天有點寒意的風吹來，吹得我的身子發抖，讓人想去吃點東西。

秋天，讓人禁不住想吃麻辣火鍋，吃起來麻麻、辣辣的，讓人感覺到一陣溫暖慢慢的慢慢的往身上蔓延。

秋天，又會讓人想到香甜可口的糖炒栗子，看著老闆賣力地炒著栗子，不由得一股甜甜、熱熱的氣息撲鼻而來，立刻垂涎三尺，吃下去之後，更讓人一口接一口，完全停不下來。

喔！還有還有，香甜又好吃的烤地瓜，真的是秋天的最佳美食了。想一想自己烤的地瓜，一定是美味到不行對吧？而且烤地瓜不僅好吃還十分好玩，一想到大家用石頭堆起的窯，再把生地瓜放入窯裡，等到地瓜烤熟之後，香噴噴、熱騰騰的烤地瓜完成，就足以令人歡樂得無法用言語來形容了，相信大家一定都有這種美好的回憶吧！

秋天，真的是美食的季節！有這麼多的美食可以在秋天享用，真是幸福無比啊！

秋天，幸福的季節

呂怡芬

楓葉紅了，染遍了整個大地，涼涼的風，吹拂著一股思念的氣息，吹著染紅的葉，以及染紅的一切，進入童話般的世界。

秋天的早晨，穿上一層薄薄的罩衫，被和煦的陽光照著，幸福的感受讓人難以言盡，彷彿整個世界都變成秋天的舞臺，盡情的揮灑著。

在秋天的下午，踏著輕快的腳步回家，只聽見秋風颯颯的聲音，像是想偷偷的回到溫暖的家。果然秋天讓人感覺很親近，但一時還不適應秋天呢！涼颼颼的秋風，時而會使人生病，看來要多注意保暖才行。

秋天的傍晚，總是聽見媽媽做菜的聲音，聞到來自廚房香噴噴的味道，偶爾還能嚐到熱騰騰的火鍋，秋天果然帶來許多的驚喜，看來我得好好的感激它。

想到秋天，最具有代表性的節日——「中秋節」，欣賞著如錢幣又大又圓的月亮，還有每年都要嚐一次的烤肉。俗話說：「一家烤肉萬家香」，說不定秋風也聞到了香味，想來偷吃幾口啊！才不給你！因為秋天，才有了這樣的收穫。

秋天，是幸福的季節，夾帶著溫暖、幸福的紅葉，似金幣的月亮意味著團圓。在秋天，總能享受到如此美好的事物。每年秋天，值得回味的記憶特別濃厚，細細咀嚼秋天的特別，溫暖又幸福。

傾聽大自然的聲音

許婷雅

大自然，像個音樂家，她擁有一副獨特的歌喉，可以唱出許多不同的樂曲與旋律。她的聲音千變萬化：有的悅耳動聽、有的引人陶醉、有的讓人心驚膽顫，仔細聆聽，別有一番趣味。

夏季的午後，雷陣雨來得十分突然，總是讓人措手不及。天空先是劃過一道閃電，接著「轟～隆～」一聲悶雷，大自然先以聲光效果十足的前奏，預告著他接下來的精采演出。不一會兒，灰濛的天空降下舞者，舞者落在屋簷、石瓦上，發出叮咚咚的悅耳聲，舞者登場的速度忽急忽緩。急驟時，舞者群舞有如萬馬奔騰，氣勢磅礡，幾乎可以把鐵皮舞台給踩壞；減緩時，舞者被輕風吹拂，輕柔的舞進人的心靈，撫慰人心。天空並沒有因為舞者的演出而停止打雷閃電，雷聲忽大忽小，彷彿是大自然正在演奏海頓的「驚愕交響樂」呢！突然，舞台布幕變換，灰濛的天空逐漸被藍天驅走，大自然發出蟲鳴鳥叫，伴著清新空氣以及溫暖陽光，為這場演出畫下完美的句點。

大自然是一個音樂家，同時也是最棒的心理醫師，她所發出的天籟可以治療人內心的煩憂，拋去一切名韁利鎖，使心靈可以平靜下來，使生活得以喘息。所以，當你覺得煩躁不安時，不妨試試傾聽大自然的聲音，讓心靈沉澱下來，或許就會「柳暗花明又一村」了！

傾聽大自然的聲音

徐逸辰

大自然變化萬千，處處皆是驚奇，天上的雲朵、河裡的水流、地上的樹木……等，皆充滿著奇妙和驚喜，只待人們發掘它。

記得幾次去山林野溪中玩耍，周遭的景物是大自然獻上的。蟲鳴聲、水流聲，這些都是在水泥叢林中找不到的。「蟬噪林逾靜，鳥鳴山更幽。」正說明了大自然的寧靜之美。蟲鳴聲就好比心靈淨化器，能紓解心靈的壓力，讓煩惱抛到九霄雲外。而蟲鳴鳥叫聲和山谷間的潺潺流水，就好像大自然的交響樂團，隨時為我們這些樂迷提供最棒的曲子。

有時走進山林裡，遇到雷公和雨神，當雨淅淅瀝瀝的下著時，打在葉子上的聲音又為大自然交響樂團帶來了輕快感，這種天然，又不用花大錢，且能深入心扉打動人心的就只有「大自然」了。樹葉沙沙的聲音，雲緩緩的移動，太陽光溫暖的照著我的臉龐，微風徐徐吹來，翠綠的青草也散發出它獨特的香味，這一切的一切，便是大自然賜予我們最好的禮物。悠閒的午後，欣賞著這偉大的傑作，真是再好不過了！

「這世界並不缺少美，而是缺少發現。」大自然千變萬化，「萬物靜觀皆自得」，如果好好品嘗大自然為我們準備的景色，就會發現處處「落花水面皆文章」。

探索自我

我心中的一首歌

胡珮菱

每個人心中都擁有一首內心的歌，也許是很搖滾的節奏，又或者是輕快舒服的曲子，甚至是深情款款的情歌，這些都讓人們心靈有了個寄託。而在我心裡，最感動的是一首抒發情感的歌是「千年」。

歌詞中一字一句都傳達了思念的心情，曲中「聽說思念，它可以穿越」，就好像帶出了人和人之間強烈的情感，超越了地域、時間，彷彿你所思念的人，就在身旁般，那種很感動的感覺。「請呼應我，若是你此刻聽見，落葉紛飛像一滴眼淚，我為你跋涉，不論路途多遙遠」，這裡每一個詞、每一句傾訴的話，像是充滿胸臆的情感要一湧而出似的，完完全全把內心的畫面，用詞曲展現出來。

曲子百聽不厭，歌詞百聽不倦，我很高興能找到如此動人的歌，只是在一次偶然的機會下聽見，就徹底愛上它了，希望這首歌能將大家的心願傳遞出去，不只在我心中，也存在於別人心中。

心中的「那」首歌，替我、替妳、替她，替每個人填補了心靈上的空缺，讓人找到了一個歸屬。不論表達、抒發，甚至是撫慰了傷痛。我很感謝，也很喜愛，我心中能有這麼一首觸動我的「千年」。

我心中的一首歌

許姿綺

這世上有很多種類的歌，每一首歌都有它想表達的故事。例如：最常聽到的是情歌，這類的歌不外是表達情侶之間的感情或是分手後的痛苦。每一首歌聽的人感覺不同，有的是開心，有的是傷心，都有各自的想法。

在我心中印象最鮮明的一首歌是品冠的「闖關」。「一關又一關，關關難過關關過」，這是「闖關」的副歌。我時常在上學途中哼著這首歌，心裡想著每天去學校上課，什麼難關都可以過。因為人的一生中有很多事要自己去完成，有時會失敗難過關，但只要找對方法，調整好再出發，就會過關。

認識這首歌的時間不算長，因為這首歌是某一部偶像劇的插曲，所以歌曲的旋律很容易琅琅上口，歌詞也很有趣，久了就學會副歌了。

每個人激發他的歌都不同，而這首歌是我在某個時間裡最想聽到的歌。歌就像是我們平時的朋友，陪我們度過很多時光。我喜歡聽歌，在我休閒時它給我快樂的心情。

我心中的一首歌

李昀達

千百萬首歌，有抒情的、搖滾的，每一首歌在創作時，都會因為製作者的心情而產生不同的風格、旋律，使得每一首歌都成為獨一無二的。

在這眾多歌曲當中，每一首歌都會對一個人帶來不同的影響，能紓解壓力、觸動人心，甚至是激發一個人內心的鬥志，讓人擁有繼續努力的動力。然而就在不久前，聽到了一首令我癡迷的歌，令我陶醉到幾乎天天都在聽的地步，詞曲深深的烙印在我的心裡。

這首歌表達出一個人想要遠離世界，只想要在自己內心的小世界當中自在自適的生活，這首歌就是「小宇宙」。當第一次聽到這首歌時，他的歌名令我有點好奇，於是我就聽聽看。在開始播放沒多久後，我便沉溺在那令人回味不盡的旋律當中，只想把自己封閉起來好好沉浸在歌曲當中，而歌詞也對照出了我對這個世界的看法。前幾句歌詞唱出了這繁雜的世界現象，而他卻想要回到自己的世界當中，把煩人的俗事都拋開，讓我感覺十分符合自己的心情。

我在聽到這首歌時，就感覺能進入自己心中的小小世界，讓人能夠放下所有事物，享受這雖然只有短短幾分鐘的寧靜時光。

我心中的一首歌

傅湛馨

小時候，大概是幼稚園到三年級的那段時間吧！全家興致一來就往山上跑。有時到東眼山，遠一點就到溪頭、武陵農場。當爸爸的車子在山林間蜿蜒前進時，我們總會打開音響，讓音符在小小的車內流盪。

放過的曲子多得數不清，大多是輕音樂或兒童合唱團的作品。其中有一首維也納兒童合唱團的曲子，曲名我早忘了，只記得是電影「放牛班的春天」的主題曲，描寫童年的夏日時光。那種輕盈的旋律好像是從樹林間飄出來的，似乎讓車裡的我們和車外高聳的樹木合為一體。當我們在一片白色山嵐中穿梭時，獨唱者的聲音就如同飄移的霧氣；當我們穿出樹林來到山谷的陽光下，合唱部分就適時響起，好似一片光明。多數時候，我們都只是靜坐著，耳畔流淌著優美旋律，眼前開展出樹林、山巒、山泉。思緒呢？則隨著溼涼霧氣愈飄愈遠，愈飄愈高。

那真是美好的記憶，美好的童年夏日時光。那曲子的旋律早已跟著每一次山林間的拜訪，被我收進心坎裡。有時，當我站在一片蒼翠之中，耳際都還會響起那飄動的旋律，以及一次次，最最甜美的記憶。

我心中的一首歌

劉晏君

世界上的歌有無限多種，有讓人感動落淚的，有讓人百聽不厭的，有讓人開心的……等。「歌曲」對我來說很重要，我用它紓解壓力，聽了讓自己覺得很幸福，應該要懂得珍惜還在身邊的親人。

「如果還有如果」，是羅志祥唱的歌。如果我們能在活著的時候，好好的孝順父母，此生就沒有遺憾了。這首歌是羅志祥寫給他父親的，聽到一句句感傷的歌詞，就覺得：為什麼命運總是喜歡捉弄無辜的人？當我初次聽到這首歌，就能了解失去親人的痛苦，雖然這是此生中必然遇到的事，但我們要趁早在他們活著時給他們幸福、快樂。

「你說要牽著我的手陪我走到最後，全世界都不懂你會挺我。」這句歌詞我體會到了他爸爸很愛他，但是生了重病後，才知道他爸爸沒有辦法再牽他的手。到最後，「I don't wanna say goodbye. 如果愛能重來，牽你手永遠不放開。」這句歌詞看出羅志祥很希望可以重新來過，但是沒有辦法了。

聽完了這首歌，讓我更加懂得要體會父母對我們的愛。在這一生中我希望能陪著他們度過簡單、幸福、快樂的日子！這首「如果還有如果」在我心裡就是一首重要的歌。

我心中的一首歌

薛瑞婷

在我小的時候，爸爸常聽一首歌。有幾次一起聽歌時，爸爸便向我敘述這首歌的內容和故事。自此，我便愛上了它！

原來這首歌是在一九八四年，非洲飢荒乾旱時為募款而由許多大歌星一起發行的。待我年紀大一點後，爸爸便開始翻譯歌詞給我。其中這幾句令我印象最為深刻：「當你在玩雪時，請為別人祈禱，非洲並沒有聖誕節，感謝上帝！是他們代替你。」這首歌對大家來說，也許都不陌生，也是我的最愛！

心情不好的時候，我都會聽這首歌來讓我的心情平靜。一開始清脆的鼓聲，接著第一句清亮的嗓音及歌詞字裡行間無限的祝福，總讓我不斷反覆，一次又一次地聽。

當你對一首歌有情感時，每次聽的感觸都會不同，對於意境的表達也會有不同的見解。剛開始只是覺得很好聽，到後來卻彷彿真的能從白雪皚皚，歡度聖誕節的英國看到炙熱的太陽及非洲一片荒蕪的景象。令人感動的是歌名也問道：「他們知道聖誕節了嗎？」這就是我心中重要的一首歌。

我心目中的大人物

謝淳安

在大家的心目中，大人物的定義是什麼？有錢？有權勢？或是家喻戶曉的政治家？但在我心目中，只要做事能夠「仰不愧於天，俯不怍於人」的皆為大人物。而其中最令我崇拜的便是引領我人生道路、陪伴我成長的母親。

在我的心目中母親是何等的重要，她是良師益友，也是我心靈最溫暖的避風港。每當我犯錯時，她總是不厭其煩的告訴我，引領我邁出正確的步伐。當我傷心，難過時，她為我拭去臉上的淚水，將我緊擁入懷。當我有了些許的成就時，她為我加油打氣，並告訴我贏者永不放棄，放棄者永不會贏的道理，並指導我小事要做到認真細緻，做到無可挑剔，小事做不來，豈能成大事？

每當到了夜深人靜時，母親總是伴著星月，為我們擔憂，祈禱著。擔憂每一個明天，祈禱我們的未來能像月光一般，在黑暗中發出光明。已不知有多久沒有在母親跟前打轉，不知道有多久沒有再仰望著母親那因我們而日漸憔悴的面龐，也不知有多久沒再握住母親那被歲月沖刷得不再細緻的雙手。

我依然記得母親曾經提醒我的那些話：「偉大的成就和辛勤的勞動是成正比的，一分勞動就有一分收穫，日積月累，滴水石穿，奇蹟就能被創造出來。」母親在我的心目中是最偉大的人物，是無人能及的偉人。

我心目中的台灣之光

黃欣尉

我心目中的台灣之光是扯鈴隊的學長——林韋良。他曾經在法國世界雜耍大賽中獲得冠軍，而他在獲獎的當下，勇敢而大聲的對全世界的媒體說：「I come from Taiwan.」因為這是一個為國爭光的榮耀，讓世界看見台灣的機會。

他是一個專業的國際表演者，幾乎都在國外表演，他曾去過大陸、日本、法國……等國家。每當他受邀時，就會編排新的表演內容，讓觀眾每次都有耳目一新的驚喜感。學長常說：「我能有這樣的成就，不是因為天份，而是因為努力，才會有這樣的榮譽。」他常鼓勵學弟妹練習要持之以恆，不能半途而廢，也常分享學習經驗。例如：他在國一時曾經想要放棄扯鈴，因為認為自己已經是台灣最強的，沒有人比他還厲害，後來透過網路，看到國外好手上傳的影片，才知道人外有人天外有天，他跟那些人比起來只是一隻小螞蟻，因此下定決心要更努力學習新的招術。

他有許多精神是值得我們學習的。例如：在某一次比賽，遇到自己的朋友，當時兩人同時進入決賽，他發現朋友不知道主辦單位已將比賽規則修改，因此主動跟朋友說，才使他能順利進行比賽。比賽結果，朋友第一名，學長則是第二名。他說：「助人為快樂之本。我要用真正的實力去贏得勝利，而不是利用小手段去獲得榮譽。」這件事讓我學到：凡事用自己的力量得到的東西，一定比耍小手段更值得喝采。

學長讓我以他為榮，因為他是真正的台灣之光，不只是因為他的比賽名次，而是做事的態度與精神。每個人心中的台灣之光都不同，而我認為學長林韋良就是最棒的人選。

我心目中的模範人物

謝沛璋

每個人的心目中，都有一個人是自己言行舉止的模範，也許是父母、師長、同學，甚至是偶像明星。而在我的心裡，也存在著這樣的一個人。他，兄弟象隊第四番——彭政閔。

在球場上，他努力的守下每一顆球，也不放過任何一顆失投球。有時候，他可能會陷入空前的低潮，但他還是從選球開始，先看清楚每一顆球，最後慢慢走出低潮！就像我們唸書、考試一樣，如果考試成績一直維持在不理想的狀況，那可以先試著從基礎做起，等到熟練後，再開始做較深入的題目，相信成績一定會有起色。

再來，彭政閔的拚勁也是令我欽佩的，北京奧運的那一撲，彷彿歷歷在目。

在職棒場上，他常常在一壘防區演出令人嘖嘖稱奇的精采守備。而當我在籃球場上，雖然情勢單薄，但還是盡最大的能力，抓下一個個的籃板，補進每一顆球。有時，對手可能比我壯碩，但我還是死命地防守，破壞一次次的傳球，擋下一波波的進攻。在排球場上，也是奮不顧身地去救每一顆球，摔倒了，再爬起來就好！這些都是彭政閔給我的影響。

彭政閔，兄弟象隊第四番，就是我心目中的模範人物。而他也曾說過一句話，已深印在我的心裡：「加油！我們兄弟象沒有在放棄的！」就像這一句話所說，我也一定不會放棄任何機會，直到成功，直到永遠！

我在乎……因為……

許靜宜

我在乎我的成績，因為這代表家人努力賺錢供我上學，還有老師辛苦教導的結果。對於成績我一直沒有很在意，但是最近成績一落千丈，又發現父親每一次回家都非常疲憊，有時候下雨天父親也還要淋雨工作，所以不得不讓我在意起成績來。為了辛苦的父親、老師還有我自己，我一定要把書念好，不讓家人擔心。

我在乎我的朋友，因為他們會和我分享所有的喜怒哀樂。有些事情真的不方便和家人說的時候，我會和與自己比較好的朋友說，他們會聽我訴苦，有時也會幫我分攤煩惱。但並不是所有朋友都是好人，所謂：「近朱者赤，近墨者黑。」所以交朋友一定要謹慎。

我在乎我的家，因為它是我的避風港。世界上每一個人總有一個屬於自己的避風港，而那個避風港就是我的家，也許未來我的避風港不是在原來的地方，但是我相信只要有我最愛的家人，那裡就會是我的避風港、我的家。

我在乎我在乎的人，因為他們是獨一無二的，也是我覺得最特別的人。在人生中總有一兩位你覺得最特別的人，也許他們在別人眼裡很平凡，但是對我來說他們卻是獨一無二的，那些人也許是家人，也許是在你最困難的時候對你伸出援手的那個人，也許是你的某個老師，也許……是你人生中的那個他。

我在乎……因為……

劉晏君

我在乎在乎我的人，因為每次他們總會在我有任何不愉快的時候來傾聽我的心聲，或是給我一個大大的擁抱。

我在乎我有一個溫暖的避風港，因為這是最讓我放鬆的地方，把我一天在外面累積下來的壓力都紓解掉的地方。

我在乎別人對我說的每一句話，因為我知道他們說的一定是對我有好處的話。例：師長對我的諄諄教誨，長輩們對我的關心，這全都是我在乎的。

我在乎我的好朋友的喜怒哀樂，因為在我傷心難過時，他們總會出現，我也要在他們有任何情緒時陪伴著他們。

我在乎我在為班上比賽時的態度，因為我知道大家都有想得到榮譽的一顆心。當大家在互相合作時，也一定不能鬆懈。

我在乎路上有無辜的人被欺負時，我可以很正義的去幫助他們，因為我覺得這世界如果連無辜的人都得被欺負，那這世界真的太不夠正義了。

我只在乎我在乎的，對我不在乎那我也不用去在乎，因為我只在乎我在乎的。

我在乎……因為……

王彥懿

我在乎那小草，就算被踐踏多次仍然生機不滅，因為它正告訴我該如何「堅忍」。就算有許多人踐踏，它依然可以勇敢的活下去。

我在乎每一個季節的轉換，因為對我來說，那代表著「改變」，也代表「轉捩點」。

我在乎太陽是否升起，因為那似乎代表「重生」。每一天又是個重新的開始，不必為過去而牽絆。

我在乎月亮那銀白色的光芒，因為他告訴我，就算人生再黑暗，還是會有一絲的希望。

我在乎指針的轉動，因為那提醒著我時間的流逝，要好好的把握。

我在乎那些比我厲害的人，因為那表示別人做得到，我也可以。

我在乎我的家人，因為他們是我生命中唯一會包容我以及愛我的人。

我在乎我是否感受得到痛苦，因為那代表我還活著，就像有句話：「人因痛苦而感到生命的存在」。

我在乎我的在乎，因為那表示我還有心可以在乎，而不只是一個冷血無情的空殼罷了。讓我在身為人類的同時，還帶著一份驕傲，驕傲著我有心及我的在乎。

我的快樂方程式

謝淳安

何謂快樂？快樂的定義為何？從古至今，數學家們依然無法斷然解出一個明確的答案。但我想，所謂的快樂就是生活的源動力，是人們終其一生所企盼與追尋的。

猶記得小時候脾氣暴躁的我，總覺得這個世界平淡無奇，萬事皆無法稱心如意，因此，每一天都在掙扎與抗拒中渡過，直到遇見她——那位總是帶著陽光般燦爛笑顏的朋友。

那一日的午後，太陽格外刺眼，我依舊如往常般，抱怨著我所面對的一切，從小到大，由近到遠。正當我納悶地望著她那寧靜且堆滿了盈盈笑容的臉龐時，她似乎看透了我的心思，她細語：「我曾花了一段不算短的時間解開屬於我的方程式——微笑加激進。它將帶來一切的美好，這時湧現的是一股暖流，溫暖別人，也暖和自己的心。」她的低聲呢喃卻宛若當頭棒喝一般，打在我的心坎上。

快樂應該因人而異，生活在這千變萬化的社會中，經歷不少喜怒哀樂，但唯有快樂才是生活的泉源，何不每日都快樂的度過呢？開心地笑總比傷心地哭好，所以快樂的面對每一天才是最好的選擇。然而快樂何處可尋？對我來說，「包容減厭惡」便等於我的快樂方程式。面對生活當中的許多人、事、物，如果都能敞開心胸去包容，諒解，減少一些對事、對人的厭惡之心，相信快樂就離你不遠了。

現在，我的天空已不再愁雲慘霧，它早已雨過天青，就如同羅丹所言：「生活並非缺少美，而是缺少發現。」當你看待一件事，不一定要往壞處想，退一步海闊天空，或許就能看到彩虹。

人類真是種奇怪的生物，大家口口聲聲說要追求快樂，卻一直嫌生活中找不到快樂，其實大家都忘了，在自己的心中就有屬於自己的快樂方程式。

我的幸福空間

謝蕙伃

每個人的生活裡，處處可發現幸福，不論是路邊的小花，還是快樂的事情，或是家人團聚的時光，這些都是人們的幸福。對我來說，讓我感到最幸福的地方，非我的家莫屬了。

我的家，是我從小到大生長的地方，也是我和家人永遠的避風港。這堅固的家，就像堅不可摧的山，經歷過風風雨雨，仍屹立不搖。一走進家門，挑高的客廳，給了我們明亮的空間，寬敞的視野；小巧可愛的廚房，給了肚子餓的我們，可口美味的餐點；溫暖的房間，則給疲倦的我們，一個安閒舒適的懷抱。

從小，最熟悉的地方莫過於是我的家了，牙牙學語的小房間，是我最初學說話的地方；慢慢爬行的木板地，是我最初學走路的地方。家前的車庫，車庫裡的狗屋，狗屋裡那隻可愛的狗狗，狗狗和全家人的回憶，回憶裡，全家人快樂幸福的笑容，這些快樂的笑容，都是這個家給我的。不小心跌倒的樓梯，因此而哭泣的我，柔聲安慰我的爸媽，這點點滴滴的回憶，都細心收藏在這個家裡，我非常喜歡這個家。

這個家經歷了九二一大地震，渡過了八八風災，它替我們遮擋了大風大雨，我們誠心的感謝它，它帶了快樂給我，帶了溫暖給我，也帶了幸福給我，我真心的喜愛它，我想要守護它，就像它守護我們全家一樣。

我的家

王稔中

我有兩個家：一個是現在桃園的家，另一個是小學以前住的阿嬤的家。阿嬤家在觀音草漯，現在只有假日的時候偶爾會回去。那兒有我許多童年的回憶，因為我可以在院子裡和鄰居追逐嬉戲，或到雞舍餵雞、餵鴨，還可以到菜園裡採摘新鮮蔬菜成為桌上佳餚，更可以到海邊沙灘堆沙築城堡。鄉下到處天寬地闊，讓我十分懷念！

現在住在桃園也很不錯，我的家位於僻靜的巷弄中，可說是個鬧中取靜的好地方，鄰居和善親切，尤其有幾個阿嬤白天會到處走動，時常留意我們住家周遭的安全，像是我們的守護神，讓我感覺自己就生活在「里仁為美」的幸福城市之中。我想：像桃園市這麼熱鬧的地方，要找一個這麼有人情味的居家環境應該是打著燈籠也找不著了吧！

我們家有寬大的空間，有書房、遊戲室，還有一張從來不會被嫌零亂的黏土桌，當我有靈感的時候，就會自然而然的走向它，拿起一塊塊的黏土，馳騁在我想像的世界裡，天馬行空捏塑我想要的東西。有時是一座公園、有時是條高速公路、有時又是一場槍戰……隨著我的想像任意變化，在黏土的世界讓我快樂無比！感謝爸爸媽媽營造一個溫馨甜蜜的家，讓我幸福滿滿！

我的寵物

王稔中

在小學二年級的時候，我有一段養寵物的經驗，因為我非常羨慕鄰居姐姐家裡養了許多動物。像是烏龜、趴趴鼠、小狗……等，儼然是一個小型的動物園呢！讓我也很想養個什麼。但是爸爸媽媽都反對，最後，他們不敵我的糾纏功夫，終於答應了。

我養過的寵物有金魚和趴趴鼠。養金魚時我們準備一個大水缸，因為沒有打氣的設備，所以每隔兩三天就要換水一次。雖然魚是我要養的，但換水的工作卻是爸爸在做。有一次忘了換水，結果魚就被我養死了。

後來鄰居姐姐要搬家了，她們的新家容納不下那麼多的寵物，就把趴趴鼠送給我。養了沒多久，鼠爸爸和鼠媽媽竟然一口氣生下九隻小趴趴鼠，我們更加忙碌了。剛開始我也勤快地餵食、換木屑、清理大便，但久了之後，這工作又落在爸媽身上。

在小趴趴鼠長大的過程中，我看到了鼠媽媽會吃自己的小孩，好恐怖喔！最後九隻只剩下三隻。又因為牠們繁殖的速度實在太快了，沒多久我們就把這些「鼠輩」送回寵物店，再也不養了。

在我養寵物的這兩次經驗中發現：任何事情不是想得到就一定要得到，像我養了魚和趴趴鼠，最後都不了了之，魚死了，趴趴鼠越養越多，真是嚇死人了！所以，以後做事還是多聽父母的建議會比較好。

我最喜歡的一本書

謝沛璋

我最喜歡的一本書是由島田洋七所寫的《佐賀的超級阿嬤》。書中寫到作者原本生活在廣島，但因為二次大戰時，美軍投下兩顆原子彈，分別在廣島和長崎，媽媽因為無法獨力照顧作者，而將他送往位於佐賀的阿嬤家。作者在佐賀學習到了許多人生哲學，並將他和阿嬤生活發生的趣聞，記錄於書內。

阿嬤家旁有條小溪，上游的蔬果市場常將賣不掉的蔬果棄置於溪中，阿嬤就在溪中架樹枝攔水果，攔一筆意外的「收穫」。有一次阿嬤看到作者唸書唸得很晚，就前去關心，作者說：「阿嬤，我英文不會。」阿嬤回答：「你在考卷上寫『我是日本人』。」

我喜歡書中運用童言童語的方式描述事情，也喜歡阿嬤的天真、可愛，但書中也寫出二次大戰後，日本所面臨到的困境，許多家庭因為家中男丁的從軍，從此家破人亡，無法再生活下去，也映襯出阿嬤的樂觀，是如此的難能可貴！

樂天派的阿嬤多次的運用智慧渡過難關，在溪中攔水果、以磁鐵吸住鐵製品並變賣……。她也說過一句話：「我們窮人要窮得有志氣！」我喜歡這句話，不因為窮而灰心喪志、自暴自棄，那我們如此的幸福，是不是要對自己更有自信，並珍惜現在所擁有的一切！

我最愛的美食

林苡晴

滑嫩有嚼勁的排骨，穿上了香濃可口的滷汁，正散發著誘人的氣味、耀眼的光芒，這種獨特的美味，實在難以用言語形容，這就是我最愛的美食——媽媽最拿手的滷排骨。

一次考試前夕，搖搖因疲累而昏沉的腦袋，揉揉因想睡覺而發痠的雙眼，望向滴答作響的時鐘，已是午夜時分，這樣的痛苦，讓我一度想要放棄，闔上書本，我終於抵擋不住瞌睡蟲的侵擾，決定要夢周公去了。這時，房門「喀擦」一聲地開了，朦朧的視線中，我看見了媽媽端著一鍋香氣誘人的滷排骨，並舀了一碗遞給我。接過那碗令人垂涎三尺的滷排骨，我輕輕夾了一塊，並放入口中。那排骨的Q彈和滷汁的濃郁，慢慢地從舌尖竄了上來，不但征服了我的心，更征服了我的味蕾。望向母親，我突然有種說不出的感動，這是媽媽特別做給我的……這種又酸又甜的感覺，實在難以形容，這美味的排骨不但激勵了我的心，更拉近了我和母親之間的距離。

從此之後，令我朝思暮想、魂牽夢縈的就是這排骨的滋味，而這排骨是任何人都無法做出來的，因為它不但是獨一無二的美食，更包含了媽媽對我的愛，我特別為它取了個好聽的名字，叫做「步步高升排骨」，只要是吃下了它，便能步步高升、頭好壯壯呢！

我最愛的美食，就是媽媽的「步步高升排骨」，雖然它不是什麼高檔、昂貴的食物，但它在我心中，是獨一無二，是無可取代的。每當到了夜深人靜時，我便會想起那個夜晚，一個女孩捧著一晚熱騰騰的滷排骨，和母親相視而笑……。

我最難忘的童年身影

林苡晴

昏黃的燈光下，一個佝僂的身影浮現在我的眼前。她的頭髮早已灰白，背部早已彎曲，卻依然緩緩地走在前頭。「阿嬤！」我輕喚了一聲，她回過頭來，臉上的笑容依舊慈祥，但卻藏不住歷經滄桑的痕跡。我的鼻頭不禁為之一酸，她是我的阿嬤……。

小時候，活潑好動的我總是活蹦亂跳，而阿嬤卻一點也不嫌煩。「阿嬤，我要吃糖！」、「阿嬤，講故事！」無奇不有的要求層出不窮，而阿嬤卻像是個魔法天使般，總能滿足我所有的慾望。每到了寂靜的夜晚，阿嬤便會用她那雙神奇的手為我織出一件又一件的毛衣，穿在身上總感覺特別溫暖；每當我肚子餓得咕嚕咕嚕叫時，阿嬤總能適時拿出裝滿各式各樣零食的乖乖桶，讓我止飢療餓，享受美食帶來的歡愉……。小時候的我真的很快樂，因為有阿嬤的陪伴。

上了小學後，我和阿嬤的互動方式雖有了些許改變，但依舊充滿了濃濃的愛。每到傍晚放學時分，我總是牽著阿嬤的手，口沫橫飛地說著在學校發生的趣事，或含著眼淚道出自己所受的委屈。而阿嬤的臉上總是綻放著慈祥的笑靨，像是我的情緒垃圾桶，傾聽著我的話語，並給我滿滿的勇氣和溫暖。那時候的我很幸福，因為有阿嬤的鼓勵。

現在，隨著年紀的增長，阿嬤的身上也留下了許多歲月的痕跡。她臉上那一道又一道的皺紋，像刀子一般刺痛著我的心。淚，終於不聽使喚地潸然流下，我撲上前去緊緊的抱住她，說什麼也都不願放手。「憨孫！」阿嬤輕撫著我的頭，欣慰的說著。我牽起阿嬤的手，朝溫暖的家前進。昏黃的燈光下，我們祖孫倆有說有笑地走著，小時候最難忘的身影依然在我身邊，而我們之間充滿了無可取代的愛。祈求這份無可取代的愛，一直一直陪伴我走下去……。

二十年後的我

曹家豪

二十年之後，科技也越來越發達，而且二十年後，我已經三十三歲了，那時候的我也一定更高大、更成熟。

二十年一下就過去，我是一位單身貴族，當數學老師，教導國中的學生。有時班上吵吵鬧鬧，有時又安靜到連某個學生的心跳聲都聽得見。在自己唸國中時，我也算是一個愛講話的學生，以為吵一吵沒甚麼大不了。現在當一個薪水普通的數學老師，才知道做老師的辛苦。小時候，自己在考試時，總是默默的寫考卷，但現在當老師了，卻只能看書、發呆，無聊到都想把數學考卷搶過來寫。

回到家之後，小時候就是洗澡、看電視、玩電腦什麼的，還會想像老師回家會做哪些事。像是「老師在家會做哪些事」的問題，在我童年的時候，都是未解之謎。如今，我終於知道老師在家會做些什麼，畢竟我自己就是老師。

而我為什麼會想當數學老師呢？不是因為我對數理有興趣，而是因為我國中時的一篇作文，題目是「二十年後的我」。那時，我異想天開的寫要當數學老師。如今，我真的像國中時寫的作文一樣，是一個數學老師之外，更慘的是我也寫「我是一個單身貴族。」現在，我果真還是一個單身漢……

我對國中生活的體驗和期許

黃兆辰

時光飛逝，轉眼間，我已從國一的菜鳥新鮮人升上了必須要有學長姊風範的國二生。在這不算長也不算短的一年裡，我體驗到了與小學截然不同的生活，也從中找到自己的目標。

剛升上國一時，除了要比小學時還要早起之外，眾多的新課程讓我暈頭轉向，和小學那屈指可數的科目比起來，天天的疲勞轟炸，讓我體力都快被壓榨光了。但是，我也在這段時間裡學習了不少做人處事的道理，結交了不少好朋友，每天都非常充實快樂。

一直以來，我都很喜歡畫圖，每天都沉浸在畫圖的樂趣中，無法自拔。在國一結束的那個暑假，我終於接受正式的繪畫課程。雖然一開始的素描有些枯燥乏味，但我仍然樂在其中。而我當前的目標，就是考上高中的美術班。

升上國二後，課業壓力更加繁重，但我從不灰心，每天認真學習各項課業之外，也不忘最愛的美術課程。學習最重要的就是永不放棄，只要能堅持下去，就離目標不遠了。面對未來，我會抱著樂觀積極的態度去面對，迎接所有迎面而來的挑戰。

面對未來，我應該具備的能力

許婷雅

社會自古迄今快速的變遷，而在現代這個有七十多億人口的世界，要與如此多的「敵人」對抗，競爭力是多麼的強啊！而要在這茫茫人海中脫穎而出、嶄露頭角，有幾項能力是我認為不可或缺的。

人自從呱呱墜地開始，所見所聞便是在學習了。這世上有太多的事物等著我們去發掘。然而，不論目標是什麼，最重要的關鍵不是天資聰穎，也非優良師資，而是「毅力」。即使有再棒的天賦、再好的老師，但若一暴十寒、半途而廢的話，一切的努力也將付諸流水。反過來說，只要擁有堅定的決心、持之以恆，再艱辛的路都會有到達終點的一天。

人是群居動物，一個人不可能只靠自己孤獨過完一生，除了有血緣關係的家人以外，朋友也是生命中相當重要的角色。而要尋找知心好友，社交的能力——「人際力」便是很重要的一環。只要成為朋友，雙方便可以透過這座橋樑，互相傾訴心事、加油打氣，一同歡笑、一同哭泣，在對方低潮時拉他一把，有時更可能成為另一人默默支持的後盾呢！

每個人的生活，不外乎是食、衣、住、行。可是，有些人每天神采奕奕，生活多采多姿；有些人的生活卻是千篇一律、枯燥乏味。其中的差異其實是能否擁有創造事物、發現事物的能力——「創造力」。對細微事物的觀察力，加上天馬行空的想像力，久而久之，便能達成「萬物靜觀皆自得」、「落花水面皆文章」的境界了。

綜合以上觀點，「毅力」為學習之根本，持之以恆，一步一腳印必能達成目標；「人際力」是拓展人際關係的重要能力，有了同儕好友的支持，未來之路必將順遂許多；「創造力」能使我們發現許多美好，為生活增添更多色彩。有了毅力、社交、創造這三方面的法寶，不論任何職業，必定都能闖出一片天。

面對未來，我應該具備的能力

賴韋霖

當我邁向人生中下一個階段時，我應該具備的能力是「能找出問題關鍵」的能力。因為我認為知識是浩瀚的，是否能抓住自己解決不了或不會的問題，是非常重要的一件事，只要能找出關鍵，問題都是可以解決的。

我常常會產生有問題需要請教他人時，會說不清楚要問的重點的困擾，所以常有人不知道我究竟要問些什麼，或是我問的問題不是我主要想知道的答案，因此，這時只要我能找出問題的癥結請教別人，這一些狀況就可以解決了。

有時候我也會在幫助別人時，弄不清楚別人問題的關鍵，結果等到我幫完之後，才知道原來別人要問的事跟我回答的內容不相合，最後又得重新再來過。另外，在考試時，也是如此，在我解題目的過程中，我會因為找不出題目的關鍵，所以回答了錯誤的答案，也有時會因為完全不知道在問什麼，所以就只能卡在哪裡，最後放棄。

總之，現在的我最需要做的，就是不斷的磨練，加強自己對問題的敏感度，直到當我遇到問題時，能當下就找到整個問題的關鍵，那麼，有許多我現在無法完成的事，都可以一一解決。

面對挫折

謝淳安

「人生不如意，十之八九。」從小到大會面對到的挫折可真是數也數不清。從個人到世界，人生大部分是在挫折中度過的。

對人們來說，挫折是可怕的，卻又難以逃避，舉凡事業、感情、課業皆充滿了挫折，但是沒有挫折又怎麼會有成功的一天呢？你是否曾經聽說過一位名叫朱元璋的皇帝，他從小就過著有一餐沒一餐的貧困生活，甚至還出家當了和尚，最後，靠著他努力不懈的精神成為中國史上第一位平民的皇帝？連如此偉大的一位皇帝都是在挫折中奮鬥的，平凡的我們又何嘗不是如此呢？

你是否有過竭盡心力卻事倍功半的經驗呢？當這個時候總是難過得捶胸頓足，以致於產生恐懼感，不願勇於面對它，反而選擇當一隻將頭深埋土中的鴕鳥，但是事情總是愈逃避，成功的距離就愈遠。學學謝坤山先生吧！多麼偉大的一個人，從不向挫折屈服。在意氣風發的青少年時期失去了雙手，一隻腳一隻眼睛，但他從不自暴自棄，反而勇敢的面對排山倒海而來的種種挫折，現在他已有了幸福美滿的家庭以及成功的事業。

人是該突破挫折、迎接成功的喜悅？還是永遠的逃避它、在恐懼的深淵中打轉呢？別再逃避了，讓我們當隻毛毛蟲，雖然小時候備受屈辱，但終究有羽化成蝴蝶的那一天，只要帶著十足的勇氣——面對挫折。

當一天的老師

黃承尉

「噹！噹！噹！噹！」上課的鐘聲又再度響起，學生們魚貫的進入教室，等待著老師的到來。一般的老師只會死板的教書上的知識，而不會補充課外做人處世的道理，那和自己看書又有何不同呢？但教做人道理在教育圈卻是少之又少，而會聽進去的學生更少。如果能讓我當一天的老師，我會做一位心靈導師，以有趣快樂又不死板的教導方法，從中教導學生們正確的價值觀。

心靈上的教學比任何一科都要難，它是一種無形的觀念，不能以X和Y解方程式，也不能用主詞加動詞的公式代入，唯有細心了解每一位學生心中的想法，才能將效果發揮到最好。

心靈教導沒有範圍也沒有考試規定，卻是社會中必學的科目，無論是天真無邪的小學生或是慈祥的爺爺奶奶們，都是我的學生。從常識到知識，從鄉村生活到都市進步，範圍無限延伸，沒有人有把握自己不需要心靈學習。老師的教學方式無限多種，但絕對不是坐在教室寫黑板。我認為這科的教法不用上課不用設時間點，只要當有問題都可以發問，我會依不同的對象給予解答，不發問的學生不代表沒有疑問，可能因為害怕而不找老師討論，這種學生反而是最需要關心的，只要適時的安慰和鼓勵，必能將問題迎刃而解。

心靈導師非常辛苦，需要付出大量的時間和精力，但這是我理想中的老師，即使再辛苦也值得。如果讓我當一天的老師，我絕對要當一位最讓人信服的心靈導師。

心情抒發

日記一則

吳宇珊

今天是開學第一天，天氣很晴朗。到了學校，認識了很多新老師，而每位老師都有自己的上課規則。

其中國文老師最為特別，老師教我們怎麼寫日記，還帶以前的日記簿給我們欣賞，感覺相處得很和諧。

再來讓我開心的是能夠看到好久不見的朋友，這種能夠在同一個屋簷下談天說笑的感覺真好。

第一天上課的感覺很棒，但卻又不是很想上課，所以只要一到上課，嘴巴就想要講話，控制不住。而我前後左右的同學也一直轉向我，找我聊天，相信他們也控制不住吧！

下午我們聽了一個愛滋病的講座，而我們班到達會場的時間有點晚，生教的怒吼聲嚇到了我。假如蕭敬騰來我們學校演講，大家絕不會看著地板發呆，那一定是全場轟動，絕對每一分每一秒深情款款地看著蕭敬騰。

時間一分一秒的流逝，轉眼間，就來到了我們最快樂的時候——放學。放學真開心！回到家，懶懶散散的我，一躺在我的大床上，就瞬間紓解了全身的壓力，呼呼大睡了。

失去

謝淳安

籠中鳥失去了自在飛翔的天空，被囚禁在小小的柵欄裡。盤中魚失去了悠游水底世界的夢想，只為人類的口腹之欲。人的一生當中有太多的得到與失去，它們就像潮汐一般默默地來，又悄悄地去。

想起從前，是那般模糊且遙遠的記憶。那一天，我拖著疲憊的身軀回到家，一如往常的打開了那厚重的大門，隨著大門關上的砰然巨響，屋中傳來了陣陣吠叫聲，一團白色的小毛球隨即衝了出來，好個不速之客，望著牠那圓睜睜的大眼睛，一天的不悅和疲憊也就被拋到九霄雲外了。

牠陪伴著我度過了三年的時光，在這幾年之中，因為有牠的陪伴而使我不再孤單，牠教會我助人為快樂之本的意義和勇於面對挫折的道理，牠是我的良師兼益友，只是再怎麼美好的生命，終究敵不過生命的無常，牠在一個月明星稀的夜晚，拋開了人世紅塵溘然長逝，長眠於地底。

我常在孤寂的黑夜想起牠，想起一同度過的美好時光，怨恨上天這麼快就把牠從我的身邊奪走，為此我常暗自哭泣，直到我明白了「有得必有失」的道理，牠不是歸人，只是一個過客。

曾經的美好就讓它隨著時光的流逝而淡去，讓我毫無牽掛的迎向那更燦爛的未來和更多的得到與失去，或許人生本是因失去的痛與得到的樂而更加繽紛。珍惜當下，勇於面對未來，這樣應該就足夠了。

生活調味罐

謝沛璋

幼稚園開始，爸媽就把我送去學琴，一開始我並沒有興趣或是動力去彈鋼琴，每當要練琴的時候，總是爸媽三催四請，有時甚至還因此大吵一架！

國小時，每個星期依舊有一堂鋼琴課，漸漸地，我彈出了興趣，但也只是興趣，背後並未能有一隻手，推著我自動自發的練琴！直到有一天，我發現在班級裡，會彈琴的人少之又少，我這才意識到：原來家裡有鋼琴且能用自己的雙手演奏出一首首曲子，是多麼幸福的事啊！加上我的妹妹也在那時放棄了鋼琴，更讓我珍惜這得來不易的機會！

國中以後，課業壓力使大家都喘不過氣來，那時，彈琴便成了我紓壓的最佳選擇，練習許多流行歌曲之餘，也不忘彈奏古典音樂。現在，鋼琴成了我生命中不可或缺的好伙伴！而那雙彈了近十年琴的手，更是我能奏出美妙樂曲的最大功臣，所以我也更加的保護它！

心念，可以在一瞬間轉換，現在回想起來，那時的我真是無知，學琴是多麼難能可貴的機會！我，只想珍惜這個機會，繼續用我的十根手指頭，彈奏出更多扣人心弦的樂章！也讓更多人因為聽到我的琴聲，體會出更多人生的滋味！

回家路上

蔡佩芬

那天，我一如往常的走在回家路上，霎時下起了傾盆大雨，更慘的是：我忘了帶傘。幸虧遇到班上同學，他和我一起撐傘，走到公車上，他讓我深深的感受到溫馨的友誼，也讓灰濛濛的雨天多了一絲絲陽光。雖然是一把小小的傘，但傘下的我們因此建立起深厚的感情，這是一段難能可貴的緣分，也讓我體會到「患難見真情」！

回家路上，我思索著：如果沒有他，我一定會變成落湯雞，更因為有他，我才覺得我不是一個人，或許對他而言只是舉手之勞，但對我來說有著特別的意義，對他的感謝不是三言兩語足以訴說的，他讓我深深體會到友情可貴的地方不在於錦上添花，而是雪中送炭。這份友情得來不易，我會更加珍惜。他讓一成不變的回家路上充滿感動和回憶，也點亮我心中那盞友誼的燈，照亮我回家的路。

我想像他一樣當個可以帶給別人溫暖和幸福的人，這應該是助人為快樂之本，我相信助人可以使冷漠的世界處處充滿溫馨。有他陪我走這段路是最幸福的事，因為他讓我感到愉悅，而不是孤單、寂寞。他讓我明白最幸福的不是得到，而是付出和分享，也讓我明白最快樂的事是有一群好朋友。

我喜歡回家的路上，因為有美麗的夕陽和知心的好友陪伴我，讓我覺得好幸福。夕陽總是讓我的心感到平靜，有他陪我回家、談心，讓我希望能永無止盡的走下去，直到永遠，即使時間短暫，卻十分美好。每次總覺得一下子就到家了，和他說再見總是那麼依依不捨，身邊的一切讓我眷戀，不想回家。有了他，回家路上給我安全感和快樂的心情，更給我一種平凡的幸福。

咖啡的故事

王稔中

舅舅在鄉下種了一大片咖啡樹，假日時我常會到那裡玩，享受田園之樂。最近是咖啡的採收期，當然要去體驗採咖啡豆的樂趣。

因為咖啡種在山坡上，我走到咖啡園時，早就氣喘吁吁了。採咖啡豆的要訣，就是一定要採紅色果皮的，綠色表示尚未成熟不能採。其實在一片綠葉叢中，很容易發現成熟的咖啡果實，採起來並不困難。

回到家以後，要先把紅色的果皮剝開來，果皮吃起來甜甜的。剝好皮的咖啡豆要趁好天氣拿到外面曬太陽，大概要曬一個星期才會乾透，就可以拿來烘烤了。

舅舅自製了一台烘焙機，豆子在機器裡烘烤的時候，會發出沙沙沙的聲音，有點像海浪拍岸，一波又一波，聲音很好聽。

我最喜歡幫忙控制烘烤豆子，咖啡豆在機器裡面一直轉一直轉，如果轉快一點的話，咖啡豆會停留在同一個地方，就達不到烘焙的效果了，大約一秒鐘轉動一下，烘烤出來的咖啡豆效果最好。

將烘好的咖啡豆加以研磨，就能拿來沖泡了，一杯新鮮香濃的咖啡就這樣誕生。聞一口香氣，喝起來除了浪漫的感覺之外，更感受到咖啡背後真實的成長故事！

我所知道的土庫

謝蕙伃

土庫，是一個距離斗六幾十公里的小鎮，人口都偏向幼年或是老年。雖然繁榮程度比不上斗六，但是，它的綠樹、田地卻是多出斗六很多。這個靠近大自然的小鎮，特色是數不盡的！

土庫，這個名字的由來十分耐人尋味。其實很久之前它是稱作「塗褲」，為什麼呢？因為之前的道路不是柏油路，所以一到下雨天，路上便充滿著爛泥，人們一走上去，褲子就沾滿了泥巴，口香糖似的怎麼甩也甩不掉，這即是「塗褲」名稱的由來，是不是非常有趣呢？到後來，因為求方便，也為了比較好聽，「塗褲」便改成了「土庫」，但這個故事會永遠留在人們心中。

土庫，大多數的田地在主要農作物收成後，會種些花草以作為肥料。每到冬末春初，點點金黃的油麻菜仔花，開始悄悄地露出笑容，回過神來，突然發現，一整片的花朵，早已盛開得像是金黃色的海洋，頓時無法眨眼，貪婪的想把這片美景據為己有。即使從小到大，每年都會看上一次，卻還是不禁讚嘆大自然的美麗，而「數大便是美」用在這裡更是恰到好處。殊不知這樣的美景，還能看個幾回呢？

近幾年，雲林的經濟逐漸起飛，連帶著土庫也慢慢繁榮，不僅有高鐵通過，連原本沒幾家的超商，也嗅到商機，來土庫開店了，但這究竟是好是壞呢？因為距離快完工的高鐵虎尾站近，附近的田地被剷平，蓋起一棟棟的房子。原本美麗的油麻菜仔田，現在卻被冷冰冰的房屋取代，而涼爽的風、閃耀動人的星星，卻被無情的房屋給遮住了。這一切並不能怪誰，因為人們要生存下去，所以不得不把大自然的土地借來使用，但何時能還呢？

看著土庫一直在改變，天真可愛的童年也漸漸消失，換來快速即時的方便。但我還是希望土庫能保留傳統的樣子，把那些溫暖的、富有人情味的、大自然的、土庫的特色留給後代子孫。

夜市人聲

謝蕙伃

「夜市」是台灣最吸引人的地方之一。外國遊客來台灣旅遊，夜市是除了台北故宮、南投日月潭外，必遊之地。而夜市也是台灣人童年的回憶之一，小時候吵著父母帶我們去逛夜市，或許是每個人都曾做過的一件事吧！

夜市，顧名思義就是夜晚的市場。許多人在下班、下課後逛夜市，除了有放鬆心情，減輕壓力的作用，更有可以感受當地濃厚人情味的機會。夜市裡充斥著香氣逼人的美食味道，還有到處殺價的人們，更重要的是拼命拉攏生意的叫賣聲。那活力充沛、生動活潑的叫賣聲，吸引人們走向攤位，老闆靠著一聲聲的叫賣來招攬顧客，這也許就是夜市最吸引人的地方。

夜市裡的叫賣聲，就是把自己的商品介紹給每個人，像是「臭豆腐～臭豆腐～豬血湯～要吃臭豆腐的人趕快來買哦～」，或者是「來哦～來哦～衣服一件一百～衣服一件一百～來晚了就沒了哦～」。大多數的攤販，都是靠著叫賣來推銷商品，但也有不用叫賣就能大排長龍的攤販，像是當地著名的小吃，經由美食節目介紹過的店家，還有大家口耳相傳的美食，每次一開店門就有大批的客人湧入，看了不禁令人嘖嘖稱奇啊！

每當我逛完夜市，總會有一些小小的收穫，聽著那些賣力的叫賣聲，使我覺得這些攤販真的很辛苦，而他們的刻苦耐勞，往往帶給我一種感動，或許他們認為，不論有多辛苦，只要客人快樂，他們也快樂，這種氛圍讓我更加喜歡逛夜市。

夜雨

謝昕紓

「嘩啦嘩啦——」埋首於書堆中的我，不禁抬頭望向窗外，外頭黑暗一片。

雨，如潰了堤的洪水，落得又猛又急，這世界彷彿只剩我還醒著，挑燈夜讀，不時走向窗前欣賞著夜裡因雨而朦朧一片的美景，看著看著，便不再感到孤獨，全身似乎有股莫名的力量，繼續坐回書桌前，與書本奮戰。雨的精靈在屋外高歌著，好像在舉辦著某種祭典。

那音樂之動聽，讓我那原本煩躁無比的心，霎時間沉澱了下來，有股守護的力量緊緊包圍著我，令我心安，書念得更快、更沉穩。當那堆積如山的書終於被我擊敗，再次走到窗前，雨精靈正舞動著為我喝采呢！

最有吸引力的地方

徐逸辰

每個人都有自己的興趣，而活動的地點便是對他最具吸引力的。

對於我這個崇尚自由的人，山林便是最有吸引力的地方。就是每當到了夏季，總會到山上避暑，而山中的鳥鳴聲、溪水的淙淙聲、樹葉的沙沙聲，處處皆吸引著我。大自然宛如一個巨形的磁鐵，深深吸引著我，我也盡情的享受這一切，只要看到這一切美好的生命，都令我心曠神怡，彷彿煩惱都被拋到九霄雲外去了。

「萬物靜觀皆自得」，只要仔細觀察，就可以找出具吸引力的地方。記得，上次去山林間，意外找到一隻具保護色的昆蟲，而當我仔細觀察時，發現它竟微微的動著，當下感到驚訝，原來大自然的奧妙不是虛晃一眼就結束的，而是仔細看出它的端倪，這也就是為什麼大自然是讓我感到最有吸引力的地方。其實山野是大自然獻給我們的最佳禮物，倘若善加利用，必能發現其中的特別和奧祕。

「一沙一世界，一花一天堂」，只要我們能仔細發現，一定能找出其中的道理和妙處，或許也能使這項物品變成最具吸引力的，經由這股吸引力，將人們繼續帶往另一個世界，甚至另一個境界，或許還能找出人類未曾發現的寶物，所以我最喜歡夏日時光到山上避暑。

最有吸引力的地方

薛瑞婷

圖書館是最能吸引我去拜訪的地方。

如果能一整天埋首在喜愛的書堆裡，與書本一同經歷喜、怒、哀、樂，那會是件多棒的事情！

小學畢業那年的暑假，是目前人生中最長的假期。除了充足的時間外，還有一顆期待新書的心。在一個偶然的機會下，嘗試閱讀科幻小說，一本厚度達三百多頁的書，竟讓我在一天內看完了兩本！這打破了之前的記錄！

不久之後，我閱讀的範圍必須擴大了。於是，媽媽和妹妹便開始向市立圖書館借書，還辦了家庭借書證！一接到消息後，我興高采烈地埋首於書堆中好幾天。而且，圖書館的書，種類非常多，但我還是最愛看小說。

有時看電影，可以看到以前的歐洲，在宮廷或公爵的豪宅裡，整個房間都是書！這種整面牆都是書，還得爬上梯子取書的場景，每次都看得我瞠目結舌，心生羨慕！簡直是「家庭式國立圖書館」嘛！

在未來人生的過程中，希望我能不忘且享受讀書的樂趣！圖書館永遠是最能吸引我去拜訪的地方！

最幸福的一件事

謝淳安

對奴隸來說，自由，是一種幸福；對病患來說，健康，是一種幸福；對遊子來說，團圓，是一種幸福；對長者來說，年輕，是一種幸福。只是，大家都汲汲營營於追求幸福，卻忽略了自己所擁有的。

曾經，認為吃遍天下山珍海味就是幸福，真正吃遍了才發現一無所獲；認為擁有財富就是幸福，真正擁有了才發現失去得更多；認為追求流行就是幸福，不斷的追求卻發現我已迷失自我。街道上有一千個、一萬個我，或站、或坐、或走，我被時代的潮流悄悄地淹沒，就如同我的出現般，無聲無息。我疑惑了，萬貫家財不等於幸福，美味珍饈不等於幸福，時尚潮流不等於幸福，那何謂幸福？我在疑惑的茫茫大海中，尋找能為我指點迷津的燈塔，終於，在遠方的海平面上出現了一道曙光。

現在的我了解能夠珍惜當下，作自己才是最幸福的一件事，或許金錢能夠買到任何東西，卻永遠買不到幸福；或許美食能滿足口腹之欲，卻仍然滿足不了對幸福的渴望；或許流行的服飾會使自己更加亮眼，卻始終點不亮幸福的光輝，真正重要的是能珍惜父母賜予我們的寶貴生命；珍惜老師對我們的諄諄教誨；珍惜朋友帶給我們的真摯情誼；珍惜生命中的一切，才能使幸福的青鳥永駐心頭，高聲歌唱。

原來，幸福就像空氣，天天圍繞在人們身邊，人們卻毫無知覺，盡其一生苦苦追尋，但或許也因為如此才更能珍惜所擁有的。大家也趕緊擦亮雙眸，一同發現生命中的幸福青鳥吧！

筆

張芸倢

筆有很多種類，也有許多不同的功能。老師最常用紅筆來批改作業；公務人員常用鋼筆或原子筆來辦公。而我今天要介紹的是鉛筆、原子筆和歷史悠久的毛筆。

鉛筆是小學生最常使用的，它的筆芯是由石墨粉加上水混合而成，再把筆芯嵌進木頭裡。有的鉛筆後面有橡皮擦，每一支鉛筆的圖案、形狀都不同，可以依照自己的喜好選擇，價錢約十至二十元不等。原子筆可分為油性和中性。油性墨水黏稠度較高，中性的墨水黏稠度較低、較適中，適合用來辦公、書寫文件。

毛筆就不一樣了。既沒有筆芯，也沒有墨水，必須要沾上墨汁才能使用。墨汁的顏色非常多種，大部分都使用黑色。毛筆的毛也有很多很多的種類，有狼毫、羊毫和兼毫等。狼毫毛較粗適合用來寫筆畫中有鉤和挑的字；羊毫的毛很軟，用來寫字中有捺的筆劃最適合；兼毫則是用許多種動物的毛組合而成的。毛筆還有分大楷、中楷和小楷，平常書法課，我都是用中楷來書寫。

「筆」是日常生活中不可缺少的物品，有了它，讓我們可以不用在木頭上刻字，也不用結繩記事來提醒自己，它給了我們很大的方便，也讓我們節省了寫字所需的時間。我們一定要好好珍惜，更要愛物惜物，好好使用每一枝筆！

鞋子

林苡晴

暈黃的燈光下，我步履蹣跚的走著。即使身體已被粗糙不平的地面磨得體無完膚，我也毫無怨言。就在即將要到家的那一刻，我的內心充滿了難以言喻的喜悅，因為我做到了，我成功的讓小主人回到家了！只不過，我不但沒有得到小主人開心的讚賞，也沒有得到小主人溫暖的擁抱，只見他奮力地將我從腳上拔起，悶不吭聲的丟進了又髒又臭的垃圾桶中，並轉身離去。望著他漸漸消失的背影，我的鼻頭不禁酸了起來……。

我原本是一雙既乾淨又潔白的名牌運動鞋，陳列在鞋店明亮的玻璃櫥窗內。路過的人都會以讚嘆的眼神望著我，真的好不神氣啊！雖然我因為擁有漂亮的外表而受到了眾人的矚目，但因為價格昂貴，始終陳列在商店裡。直到一天，一位既帥氣又可愛的小男孩看見了我，他原本暗淡的眼神頓時發亮了起來。他輕輕的捧著我，用他那溫柔的雙手撫摸著我，那種感覺好溫暖、好舒服，這就是我和小主人最美麗的邂逅。他把我帶回他那溫暖的家，細心的照顧著我，不但把我置放在一個精緻典雅的木盒中，還每週定期的為我洗去身上的污漬。看著小主人那充滿愛的眼神，我對天發誓，一定用畢生的心力為小主人服務！

我和小主人的感情隨著相處得愈久，也就愈來愈好。我每天一起床，小主人便會充滿朝氣的帶著我，展開他一天美好的旅程。而我呢，可說是他身邊最重要的夥伴。無論他是跋山涉水，或是在運動場上汗水淋漓的運動，我都會盡到我的職責，用自己的身體來保護小主人的雙腳，讓它們不受到任何一點的傷害。那段美好的日子，是我一生中最璀璨、最風光的印記。但是，過了近一年後，我發現自己的精力不再如此旺盛，外貌也不再那般美麗，原本光滑多彩的外表，也愈顯斑駁。雖然如此，我還是秉持著鞋族為人類服務的精神，盡到自己最大的本分。不過歲月催人老，彈指之間我已漸漸失去光彩，直到小主人喜孜孜的買了一雙新鞋回來……。

雖然我的生命即將走到盡頭，回首以往，我這一生也曾經發光發熱過。我曾經陪主人走過的每一段路、每一片土地，都在我心中烙下了深刻的印記。我很高興，這一生能有機會為小主人服務，正如麥克阿瑟將軍所說：「老兵不死，只是凋零罷了。」我相信，我這一生已經足夠了！

試著放輕鬆

黃聖博

在這進步的社會裡，只有向前跑才能趕上時代的變化，但也因為如此，而導致很多人沒有休息的時間，只是一味的前進，到最後，卻因為過度勞累而損失自身的健康、家庭或者生命，所以，不妨讓我們停下來，試著放輕鬆吧！

每個人紓緩壓力的方式不同，有可能是看書、聽音樂等等，但我最喜歡的方式是發呆，我覺得發呆可以讓我放輕鬆，因為發呆的時候腦袋不會想別的事。另外，我還喜歡的方式是出去玩，可以是看風景，也可以是散步，還可以是去打籃球，這些都是不錯的選擇。當我在做這些事情的時候，就不會分心去想其他令人煩惱的事。

雖然方式很多種，不過這些只是我的建議，那真正忙碌的人呢？我覺得就算再忙，也一定要給自己一點休息的時間，吃飯的時候細嚼慢嚥的，工作的時候可以輕聲哼歌，放輕鬆的方式千百種，找到幾個適合自己的方法，在這個分秒必爭的現實社會裡，享受一下屬於自己的時光吧！

找到屬於自己放輕鬆的方式，體會別人沒有的快樂，在這無時無刻都在改變的時間裡，當個快樂的人，並且跟別人分享你的方式，這就是我感覺到的快樂、感覺到的人生、還有感覺到的哲學。

試著放輕鬆

葉晨

在現代的社會中，每個人似乎都成了奮戰沙場的士兵，神經緊繃，面對四面八方的「攻擊」，一一做出應對方法，如此忙碌且緊湊的行程，早已使我們身心俱疲。此時，「放輕鬆」便是極為重要的一件事。

「休息是為了走更長遠的路」，由此可知，「放輕鬆」不是偷懶，而是為了接下來的路程做準備。我認為放輕鬆不一定是要遊山玩水、環遊世界，只要能夠暫時放下一切，做些真正自己喜歡的事：也許是徜徉於書海中、也許是在球場上盡情揮灑汗水、抑或是聽一首熟悉的老歌，只要能使心靈沉澱，再次出發時，必定會充滿向前邁進的力量。

有時在考試前，我拚了命的苦讀，一再的讀，出爐的成績卻差強人意。為什麼？這就好比一個玻璃罐子，假如一直把東西往裡頭塞，塞到一點縫隙都不剩，當我需要這些東西時，卻因為太過擁擠而什麼都倒不出來。這不是不用功，而是「太用功」，給自己一點時間，為自己留一點空白，會換來更好的結果。

人生，需要工作與放鬆互相調適，就像一個天秤。工作太重，那是過勞；放鬆太重，成了放縱。雖說要調整生活的比例並不簡單，但只要調適得宜，即可活出快樂又精彩的人生。

試著放輕鬆

謝姍倪

自從升上國中之後，「輕鬆」是什麼？早已淡忘。即使我們是第二屆的十二年國教學生，無論如何都有學校可讀，但依然逃不了為了更加優秀的成績而忙忙碌碌，連喘一口氣的機會也沒有的命運。

或許有些人會認為只要熬過學生階段就能解脫，假使真的那麼想，可就大錯特錯了！屬於課業的壓力的確會漸漸淡掉，不過除此之外更加沉重的壓力必然會跟著年紀增長接踵而來。每當看著捷運站、火車站，還有永遠不會安靜下來的馬路，人們彷彿螞蟻汲汲營營永不間斷的來來往往，大家用力踩著步伐，只為了爭取擁有更多的一秒鐘。

因此，對現代的人來說，「放輕鬆」這件事就如同原始人想登上月球一樣——不可能。但是話雖如此，社會也確確實實的隨著人們繁忙的腳步快速前進。近年來有越來越多人追求的是良好的生活品質。有時間的人選擇旅遊作為放鬆，無暇的人則利用僅有的瑣碎時間，像是聽聽音樂、看部電影、養個盆栽、閱讀書籍……，當然更簡單的方法還有發呆和睡覺。千萬別覺得它們看來毫無意義，實際上儘管只有這樣，也能夠獲得意想不到的效果。

所以，現在還在為了達成某個目標而日夜奔波的人，不妨放下手邊的事休息一下吧！

試著放輕鬆

邱馨柔

文明社會中，充滿忙碌與壓力，是再平常不過的社會問題。

從一大早起床，一直到晚上就寢，這一大段時間中，其實在我們周圍有不少的生活趣味，但礙於忙碌，我們總是沒察覺它們的存在。

現代進步的社會生活，要找到得以放鬆的休閒娛樂並不難。舉例來說，飼養動物、運動或者偶爾上個網，都是簡單且有效的舒壓方法。又或者我們也可以從減少工作後的繁瑣小事來減輕壓力。例如：上課時專注的聽講，可以減少回家溫習的時間，即時完成作業，下課後不必為了補足未完成的部分而縮短休息時間。或者我們放慢生活步調也有不錯的效果。比方說拉長工作完成的期限，增長放鬆時段，和增加休閒頻率。甚至是在需要幫忙時，勇敢求助，和朋友共享心事，讓其他人能替我們分攤不愉快的心情，都可以達到放鬆的目的。

在這樣快步調的都市化生活中，「忙碌」、「壓力」彷彿已經是每天不可缺少的部分了，而休閒放鬆則是苦澀生活的調味料。「忙碌壓力」若是進步的動力，那「放鬆」便是不可或缺的定期保養。在我看來，「試著放輕鬆」其實可以很簡單，只要你願意花點心思！

常常，我想起那雙手

張家瑄

我常常想起的那雙手，是粗糙且長滿皺紋，一點光澤都沒有的手，拉拔我長大，一直到幼稚園，都是這雙手陪著我，那是祖母的手。

有一天半夜，我突然發燒，祖母匆匆忙忙的打電話叫計程車送我去醫院急診。到了醫院，馬上打退燒的點滴。我在醫院躺了兩天，那雙手無微不至的照顧我。我睡在病床上，溫暖的手牽著我趴在床上睡，深怕我又突然發燒了，那雙手就牽著我直到天亮，病床旁的祖母，無怨無悔的陪我度過兩天。

現在只要在發燒的時候，總會讓我想起那雙溫暖的手，因為上小學之後，我就沒有跟祖母住在一起了。現在都是媽媽照顧我，媽媽的手跟祖母的手一樣溫暖，每當媽媽撫摸我的臉時，我就時常想起出現在我夢中那雙溫暖的手，它讓我有種被呵護的感覺，把我捧在手掌心上細心的保護。

這雙手深深影響著我，我要好好孝順這雙手的主人，因為它，我奮發圖強用功念書，我不要讓她感到失望，她的那雙手仍一直默默為我付出，而我也總是努力讓她感到驕傲！

常常，我想起那雙手

鄭沛淇

那雙手是我的廚師；那雙手是我的萬能工具；那雙手是我的裁縫機；那雙手總在我最需要它的時候出現。

當我的肚子飢腸轆轆唱著空城計時，那雙手馬上變出一道道的佳餚，令我口水直流，垂涎三尺，不一會兒就餵飽了我的五臟廟；當我心愛的玩具壞了，那雙手總是縫縫補補，把我的玩具重新拯救回來，賦予它新生命；當我把衣服玩得髒兮兮，那雙手總會輕柔的幫我刷洗乾淨，讓我再穿上清新潔淨的衣裳，讓我端整上學去；當我的衣服破了，那雙手總會停下手邊的工作，幫我把衣服縫補好，讓我不用再忍受風寒。那雙手是我最溫暖的依靠，不論什麼時候，總會幫助我度過種種的難關。然而——那雙手在去年已無法再成為我生活中的依靠，他到另一個地方去幫助更多的人，那一雙手就是——外公的手。

現在的我，肚子餓時，總會想起那如廚師般的雙手做出「五星級」的佳餚，卻再也嚐不到那熟悉的美味。每當我撫摸著我的玩具，望著那一針一線縫補的痕跡，就會想起那雙「萬能」的手……。生活中常常想起那雙慈愛的手，但那雙手已不能再牽著我去散步，不禁讓我感到十分失落。

那雙慈愛的手總是守護著我，在我的記憶中，儘管那雙手已經爆出青筋，已經沒有年輕時那樣圓潤厚實，但那雙手卻代表著勤勞、辛苦的奉獻，正象徵著愛心，載著無盡的關懷，呵護著我們。不管多忙，都會為我放下手邊的工作，滿足我的小小心願，它的形象一直烙印在我的心版上。每當我遭遇到困難時，都會想起那雙手，他給予我勇敢的力量，讓我能夠堅定面對各項挑戰。常常我想起那雙手，那一雙慈愛萬能的手，刻在我的心版上，永不磨滅！

常常，我想起那雙手

黃承尉

童年裡，常常大手牽小手漫步在公園林間，那雙溫暖的手，充滿愛和關心的手，牽引著我走出人生第一步，帶領著我看世界的角落，是父母嗎？不是！是兄姊嗎？也不是！那是我最親愛的爺爺。

小時候對世界充滿好奇，每天早上爺爺總是帶著幼小的我漫遊各地。每天景物不斷地變換，眼前世界千變萬化，唯一不變的是那雙有皺紋的大手，無論何時何地那雙手永遠不會放開對我的愛。

慢慢地，我一點一滴的成長，遊玩嬉戲的手搖身一變如家庭教師，爺爺依然緊握著我。紙上的每一個字，每一闋詞，每一首詩也紛紛彈奏著愛的進行曲。那雙溫暖的大手，是我最安定的力量。

常常，我想起那雙手

馮珮芝

我常在那泛黃的老照片裡找到那雙慈祥的手，隨著時間流逝，那雙手已不像從前那樣，反而變成了一雙又皺又粗，看得出來是經歷過無數風雨的手。

小時候，只要在我大哭大鬧，耍小孩子脾氣時，外婆的手總會放在我的頭上，慈祥的說著：「沒關係，不哭！」現在，當我去外婆家時，一進門不是聽到外婆的聲音，而是看見她獨自在廚房裡挑菜的景象，那陰暗的燈光照在外婆的臉上，加上那沙啞的聲音，長滿皺紋的手，每一想起，不知道為何心頭總是浮現癒合不了的傷口，眼睛也像睫毛倒插一樣不敢張開，深怕張開了眼睛會流下眼淚……

我喜歡和外婆手牽手一起去散步，一邊散步一邊聽她訴說以前在童年時發生的趣事。外婆總在我冷的時候，用她的雙手為我披上外套，更用那溫暖的手勾著我一起四處走，讓我心中充盈著滿滿的幸福。

外婆的手擁有非常強大的魔力，小時候，她用雙手，使我安靜入睡。而今，在我傷心時安慰我，我將永遠珍惜，讓生活中充滿著外婆那雙大手的溫度與關懷。

常常，我想起那雙手

王彥懿

我常常想起的那雙手，儘管主人已逝，但它仍常常不經意的浮現在我腦中。每當它出現時，總使我陷入悲傷，對它的思念卻是如此的深，我不知道是為什麼？

那雙手，修長纖細，印證時間的流逝，是外公的手。那雙手曾牽著我去公園玩、逛市場、騎搖搖馬、還煮了一大桌的菜等著我回去……。

每當我看見右手上的那道疤，記憶就像乘著時光機似的，回到了幼稚園的時候。有次不小心碰到灼熱的鐵爐，右手起了個水泡。那次，外公細心的用他的雙手幫我處理傷口，先用雙氧水消毒、擦藥，最後纏上繃帶。每天不厭其煩的幫我包紮傷口，雖然傷口好了，但那道疤痕及那份感恩，卻是永遠也忘不了的。

我常常想起的那雙手，雖然它的主人已離我而去，但它卻常常的浮現在我腦海中，它對我所做的一切，讓我永遠記得，心懷感恩。我想，這就是那雙手使我陷入悲傷，對它的思念如此深的原因吧！

少年文學16　PG1292

少年十五二十時

——中學生作文集

主編／楊秀嬌
責任編輯／林千惠
圖文排版／周好靜
封面設計／楊廣榕
出版策劃／秀威少年
製作發行／秀威資訊科技股份有限公司
114 台北市內湖區瑞光路76巷65號1樓
電話：+886-2-2796-3638
傳真：+886-2-2796-1377
服務信箱：service@showwe.com.tw
http://www.showwe.com.tw

郵政劃撥／19563868
戶名：秀威資訊科技股份有限公司
展售門市／國家書店【松江門市】
104 台北市中山區松江路209號1樓
電話：+886-2-2518-0207
傳真：+886-2-2518-0778

網路訂購／秀威網路書店：http://www.bodbooks.com.tw
國家網路書店：http://www.govbooks.com.tw
法律顧問／毛國樑　律師

總經銷／聯寶國際文化事業有限公司
221新北市汐止區康寧街169巷27號8樓
電話：+886-2-2695-4083
傳真：+886-2-2695-4087

出版日期／2015年5月　BOD一版　定價／320元
ISBN／978-986-5731-22-9

秀威少年
SHOWWE YOUNG

國家圖書館出版品預行編目

少年十五二十時 : 中學生作文集 / 楊秀嬌編著. -- 一版. -
- 臺北市 : 秀威少年, 2015. 05
面； 公分
ISBN 978-986-5731-22-9 (平裝)

859.7 104005069

讀者回函卡

感謝您購買本書，為提升服務品質，請填妥以下資料，將讀者回函卡直接寄回或傳真本公司，收到您的寶貴意見後，我們會收藏記錄及檢討，謝謝！

如您需要了解本公司最新出版書目、購書優惠或企劃活動，歡迎您上網查詢或下載相關資料：http:// www.showwe.com.tw

您購買的書名：______________________________

出生日期：________年________月________日

學歷：□高中（含）以下　□大專　□研究所（含）以上

職業：□製造業　□金融業　□資訊業　□軍警　□傳播業　□自由業

□服務業　□公務員　□教職　□學生　□家管　□其它_____

購書地點：□網路書店　□實體書店　□書展　□郵購　□贈閱　□其他

您從何得知本書的消息？

□網路書店　□實體書店　□網路搜尋　□電子報　□書訊　□雜誌

□傳播媒體　□親友推薦　□網站推薦　□部落格　□其他__________

您對本書的評價：（請填代號　1.非常滿意　2.滿意　3.尚可　4.再改進）

封面設計____　版面編排____　內容____　文／譯筆____　價格____

讀完書後您覺得：

□很有收穫　□有收穫　□收穫不多　□沒收穫

對我們的建議：______________________________

____

____

____

請貼
郵票

11466
台北市內湖區瑞光路 76 巷 65 號 1 樓
秀威資訊科技股份有限公司 收
BOD 數位出版事業部

....

（請沿線對折寄回，謝謝！）

姓　　名：＿＿＿＿＿＿＿＿＿＿　年齡：＿＿＿＿　性別：□女　□男

郵遞區號：□□□□□

地　　址：＿＿＿＿＿＿＿＿＿＿＿＿＿＿＿＿＿＿＿＿＿＿＿＿＿＿＿＿

聯絡電話：(日) ＿＿＿＿＿＿＿＿＿＿＿＿ (夜) ＿＿＿＿＿＿＿＿＿＿＿＿

E-mail：＿＿＿＿＿＿＿＿＿＿＿＿＿＿＿＿＿＿＿＿＿＿＿＿＿＿＿＿